Carlos Machado

FLOR DE ALUMÍNIO
(contos)

exemplar nº 169

Curitiba
2022

ilustração da capa **FABIANO VIANNA**

projeto gráfico **FREDE TIZZOT**

revisão **MANU MARQUETTI**

encadernação **LABORATÓRIO GRÁFICO ARTE & LETRA**

©Arte e Letra, 2022
©Carlos Machado

M 149
Machado, Carlos
Flor de alumínio / Carlos Machado. – Curitiba : Arte & Letra, 2022.

156 p.

ISBN 978-65-87603-37

1. Ficção brasileira   I. Título

CDD   869.93

Índice para catálogo sistemático:
1. Ficção: Literatura brasileira   869.93
Catalogação na Fonte
Bibliotecária responsável: Ana Lúcia Merege - CRB-7 4667

ARTE & LETRA

Curitiba - PR - Brasil
Fone: (41) 3223-5302
www.arteeletra.com.br - contato@arteeletra.com.br

Sumário

Flor de alumínio...9

Empty box...25

Sides..35

As cores do arco-íris...43

Bip...51

Esconde-esconde..59

Gangorra...67

A maratona..77

Dona Verônica...97

Aleluias...107

Cittadino di un bel niente...117

Pluma..125

Colorir e descolorir...135

Comunhão..143

Notas do autor..153

Sobre o autor..155

Para minha mãe, Maria Luiza Carbonieri Machado

As histórias deste livro surgiram a partir de um sonho que tive quando passava uma temporada na região de *Oberaargau*, na Suíça. Eu caminhava diariamente, nos finais de tarde, em campos de girassóis, procurando pelas cores de Van Gogh, todas elas ali, diante de meus olhos: amarelo, azul, ocre, vermelho. Em um desses passeios, vi uma flor refletindo a luz do sol em uma pequena lata de alumínio vazia colocada na estrutura de uma cerca dividindo uma fazenda da outra. Esse objeto estava assim, provavelmente, para que, durante a chuva, pudesse ficar cheio de água e, dessa forma, fosse oferecido pelos fazendeiros aos cães que fazem a ronda por aqueles pastos.

No meu sonho, a flor é que era de alumínio e todas as outras histórias vieram de suas pétalas, que foram fechadas em uma pequena caixa, colocadas umas sobre as outras, confinadas, até o amanhã.

"For, after all, how do we know that two and two make four? Or that the force of gravity works? Or that the past is unchangeable? If both the past and the external world exist only in the mind, and if the mind itself is controllable – what then?"

(George Orwell, **1984**)

Flor de alumínio

(Para meu primo Leonardo Carbonieri Campoy)

He dicho que los hombres de ese planeta conciben el universo como una serie de procesos mentales, que no se desenvuelven en el espacio sino de modo sucesivo en el tiempo
(Jorge Luis Borges, **Ficciones**, 1944)

Quantas vezes quis segurar o tempo com as duas mãos e apertá-lo bem forte? Sufocá-lo até que desistisse de escapar e pensasse com mais cuidado da próxima vez em que estivesse com pressa. Colocar as duas mãos em sua garganta: delicadamente uma de cada lado e apertar até que grite pedindo por socorro. Segura as pontas aí, seu tempo, gritava eu. Hold your horses, sir. Mas pelos vãos dos dedos, eu vejo o tempo esvaindo-se, raspando cada uma das falanges que apontam para frente. Escorrega fazendo cócegas e ainda zombando de mim. Ele zomba de mim, é o tempo. Coloco a música de Aldir Blanc na vitrola e a deixo entrar pela porta. Na imagem da capa do disco, um homem com seus 60 anos – ou mais – cabelos longos, brancos, barba cheia e uma olheira imponente que o acompanha por toda a vida. Um tom de bastante tristeza em sua voz trêmula já com o passar do tempo, é o tempo. Batidas na porta da frente. Nesse caso, eu o espero não para dar uma resposta, mas apenas para pedir que fique do lado de fora. Hoje acordei com uma imensa vontade de estrangulá-lo. Por que passas tão rápido, meu senhor? Passas por mim como quem não quer nada, sorrateiro, levantando a poeira que se esfria – e me esfria

– ao meu lado, deixando o ambiente todo nebuloso, asqueroso e desesperador. Ontem foi sexta-feira e hoje ainda é sexta-feira, mas de uma semana depois. Percebeu? Pisquei os olhos e já se passaram 40 primaveras – sendo que delas, 5 eram de verões, 15 de outonos, 18 de invernos e apenas 2 eram, de fato, primaveras. Coloridas: dessas enormes, que deixam a blusa preta repleta de pétalas.

E pólen. Sempre tive alergia a esse pozinho, mas quando me mudei para Curitiba, passei a ser a própria alergia, uma espécie de rinite alérgica que não desgruda, nem com o passar do tempo. Me lembro da primeira vez em que falei para um amigo estrangeiro que ele logo entenderia o que é rinite alérgica. Assim riu da minha cara, do meu nariz vermelho, quando eu falei que não era gripe coisa nenhuma, é um lance chamado rinite alérgica, ô meu. Entende? Hast du es kapiert, brou? Não, ele não entendia, mas ria. Sabia rir em português. Só falava alemão quando convinha. Rinite alérgica em alemão? Sabe como é?

Ainda penso como fui inocente de imaginar que poderia morar em um apartamento forrado com um carpete velho, pisado por todos os outros moradores de antes, sem ter desenvolvido essa tal de alergia. Do tempo em que era tudo novo e ficou velho quando chegou em minhas mãos. Além das cortinas que acumulavam todo pó de dentro e de fora da avenida Silva Jardim, ao lado do sofá, onde alguns segundos atrás – ainda sinto na pele os restos de seu cheiro – me deitava com ela jurando e gritando palavras de amor. Isso foi antes de espirrar pela primeira vez na semana. Porém, logo já estava à base de remédios para gripe (não existem remédios nem para, nem contra a rinite, que fique claro). Agora, no canto esquerdo da memória, puxei a cor do sofá – azul com listras amarelas – e a trouxe para perto: ela deitada no chão da sala – tapete vermelho em cima do carpete surrado – vestindo uma minúscula calcinha fio dental branca – já molhada na parte da frente, exalando o cheiro de Manaus com cupuaçu – olhando para mim com olhos de comer fotografia, passando a linguinha entre os lábios – superiores e inferiores, se bem que nesse caso era com os dedos e não com os lábios – se abrindo toda para que eu pudesse lembrar para sempre de sua pele. Quero ficar em seu corpo feito tatuagem – foi a primeira canção que ela cantou para mim, no Baba Salim, o bar de todas as noites. E não é que esse tempo está aqui ao lado, assim que me lembro desse sofá?

Mesmo sentado em um café, na rua XV, sozinho, olhando as pessoas passando para todos os lados, assim que vejo o azul do vestido da moça que acabou de cruzar meu caminho, percebo o mesmo azul do sofá da avenida Silva Jardim e, imediatamente, o tempo não é mais o mesmo que há alguns segundos: não tem mais vestido azul, nem rua XV: estamos de volta ao velho apartamento com o carpete surrado cheirando a cigarro e Coca-Cola light (lançada no Brasil apenas em 1998, sabia disso? Parece que sempre existiu, não é? Mas não, não), na frente do computador – o primeiro, ainda com internet discada, fazendo barulho de telefone e torcendo para que entrasse. Ainda que levasse cinco minutos, mais ou menos, para carregar um vídeo de dez segundos. Isso quando tinha sorte. Mas ainda existia um lado romântico nessa lerdeza toda: o tempo passava mais devagar, uma expectativa para ver a foto, até que se carregasse toda, ponto por ponto, primeiro um pedaço do céu, a cor fica mais intensa, desce para o início da cabeça, os cabelos, um risco no olho, a cor fica mais forte, menos pixels, a blusa branca em contraste com o verde das árvores, metade da perna já aparecendo, toda a cena ainda opaca, mais um minutinho e voilà! Here you have it, the full pic right in front of you. (Mas o que você está falando, meu irmão? No meu tempo, a surpresa era ainda maior, nada de ver aos poucos: poderia demorar uma semana! Ficava lá na loja na segunda-feira e só podia buscar alguns dias depois. E se tivesse errado com a abertura do diafragma, já era. Muita luz, já era, pouca luz, já era. Kapiert?).

Do lado da moça de azul, passou um vulto de vermelho. Assim, em uma das vezes que o vi, Sebastian, meu guru, me disse: o vermelho será seu futuro. (Obs.: na verdade, ele não se tornou meu guru, seja lá o que isso quer dizer, até mesmo porque não, senhor, não acredito em gurus). Isso pode ser pelas músicas que cantei em espanhol, a bandeira da Espanha tem vermelho, não? Mas pode ser pela Suíça, pela moça de sorriso brando que, sentada ao meu lado, me perguntou as horas e me disse que gostava muito do Brasil. Vim de uma outra realidade, mas me sinto em casa aqui, sorri a moça de olhos claros, pele lisa, pequena – deu vontade de colocá-la aqui do lado e ficar olhando para ela o resto de minha vida. Tão diferente da explosão que foi antes, da morena que dançava flamenco e rebolava ferozmente – sem controle algum – embaixo da cama, na sacada do hotel, em frente a uma obra de construção, em plena praça da República ou no litoral colombiano. Diferente, a Suíça é um país neutro. Estão dos dois lados, cantam canções irônicas, alegres, azuis. Escrevem livros tingidos do branco da neve e do ar rarefeito dos Alpes. Pintam quadros com rochas e céu. Um país homenageado por todas as farmácias do mundo (vide sua bandeira). E ela me olhava como quem diz: você sabe esquiar? Claro que não sei esquiar. Posso te ajudar? Claro que pode me ajudar. Vamos começar com os patins? Sim, claro! Mas eu ando de skate! Não tenho a menor ideia – nem remota – de como calçar os sapatos com rodinhas. E assim devo ter caído umas dez vezes até rachar o cóccix no chão do ginásio e não conseguir me levantar por alguns meses, deitado no hospital e em meu quarto. Todos os dias ela me visitava, e assim, de uma hora para a outra, estávamos morando no mesmo quarto. Ela deitada ao meu lado, com o travesseiro cheio de seu perfume, embaixo da coberta individual – assim fica muito mais fácil de se mexer à noite e não se sentem as flatulências, dessa forma mesmo, sem romantismo – acariciando minha perna com seus pés. Ali dentro desse olhar, cabe um silêncio enorme. Nesse espaço da cama, o tempo rodou, rodou e passou de uma hora para outra, como já dito. Bocejei de nervoso e quando abri os olhos, já tínhamos caminhado por Salvador, Londrina, Belo Horizonte, Ouro Preto, Mariana, Rio de Janeiro, São Paulo, Campinas, Paris, Bern, Zürich, Langenthal, São Paulo, Rio de Janeiro, Londrina, Bern, Lugano, Locarno, Porto Alegre, Lugano (viu a estátua de Kafka?), Londrina, São Paulo, Juvevê – Curitiba. Curitiba. Curitiba. Nesses espaços, o tempo bateu no fundo da rede, voltou para cima, ricocheteou para as paredes ao lado – como em um jogo de pádel – machucou o olho direito – ficou roxo, tive que ir ao hospital de olhos – parou em cima da minha cabeça, entrou pelo orifício anal, saiu pelo canal da uretra, me deixou de cama, com febre – quase 40 graus, já indo para a emergência – ruminou o pasto no estômago da vaca, regurgitou e devolveu para a natureza, assim como fez o cachorrinho que minha mãe me deu naquela casa no Xaxim com o quintal na frente, ladrilhos vermelhos e samambaia – ainda não era proibido – sabe, mãe, a She-ra, Princess of Power, vomitou um pedaço de carne e depois lambeu o líquido que veio junto até engolir tudo novamente. Quem quase vomitou fui eu.

Pois, o tempo é o cheiro. É o lugar. E ele passa na mesma proporção que o vento: caótico de um lado para o outro. Como o voo de uma borboleta antes de ser esmagada entre as páginas de um livro, quando se lê sentado ao pé de uma árvore. Tudo em uma fração de pouco tempo: fecha os olhos... abra-os: já não está mais aqui quem falou. Viu só? Assim foi.

Não te dá a mesma vontade de cerrar os punhos e socar o tempo para que ele fique uma semana no hospital, de molho, sem se mover? Ou o contrário: já pensou em mandar o tempo para o espaço a bordo de um foguete que chega rapidamente ao céu? Imagine se esse foguete tivesse como único passageiro o tempo, sentado em um carro elétrico: amarre-o de costas no banco do automóvel e junte-o ao corpo da nave, acople uma turbina a esses elementos, ligue o rádio na estação primeira de mangueira, direcione para o lado que gostaria de enviá-lo, junte os restos da poeira deixada pelo vento e a coloque atrás da porta da cozinha (assim ele não volta mais, dizia minha avó). Pronto. Aperte o maçarico e deixe o fogo escapar: tão rapidamente que nem sentirá que tudo mudou de uma hora para outra.

A contradição está instaurada: não vejo a hora de que chegue o fim do ano para que possamos nos ver livres de tudo isso! (Disso o quê, ô meu? De tudo isso, oras, respondo). E eu sofro a cada dia, cada minuto que flutua – tão rapidamente que nem me dou conta – até o momento em que piscarei os olhos e já será fim de ano e, infelizmente, terei que ir embora (de onde?, pergunta o velho. Como de onde? Daqui, caramba!).

Boludo, por favor, qué decís vos? Querés que el tiempo se vaya o se quede acá?

Dessa forma, penso sempre que o grande vilão de tudo isso é ele mesmo, porque decide se o queremos mais rápido ou mais lento: !. Acordei com muitas ganas de estrangulá-lo realmente, como se faz quando estamos brincando (perceba a maldade) de colocar sal em cima de uma lesma: sabe aquelas que insistem em subir a parede de madeira da casa de praia, e quando, ardidos de dar dó, ficamos estatelados na cama, estáticos, ela chega como quem não quer nada e cai em cima do seu umbigo? Pois então, nesse momento, você dá um grito, não pensa mais na queimadura e corre para buscar o sal na geladeira e o joga por toda a superfície do monstro até ouvir o barulho do estrangulamento fatal.

A última vez em que fiz isso, tinha uns 10 anos (a velha memória que me confunde por todos os lados, vai ver tinha apenas 5 ou 15, não importa. E é possível, ainda, que nem tenha acontecido de fato, posso ter inventado, vai saber). Choveu a semana inteira e ficamos sem ter muito o que fazer, já agoniados. A casa era pequena e por isso quase não tínhamos espaço para brincar. O único lugar que ainda existia era um pequeno pedaço do quintal, ao lado dos carros estacionados e do tanque de lavar roupa. No bueiro, por onde descia a água da chuva, sempre escorriam bichos: baratas, sapos, lesmas, passarinhos. Eu e meu primo ficávamos olhando o dia inteiro para aquele buraco, segurando um quilo de sal cada um e prontos para atacar ao menor sinal de vida alienígena. Alguns animais chegavam da escuridão, vindos do inferno debaixo da terra e traziam garras afiadas e dentes pontudos. Os passarinhos que paravam ali para beber água eram engolidos de uma hora para outra. Eu e meu primo ficávamos intrigados com a cena porque não dava para ver o que sugava os pássaros para dentro do cano. Queria poder apertar o botão de slow motion para que pudéssemos identificar, mas naquele tempo não tinha tela de touch screen, então no way. (Sabe quando você olha para um pontinho no papel e faz assim com os dedos para ampliar a imagem? Logo se dá conta de que foi um idiota, olha para os lados para ver se ninguém percebeu, pois...). Pensei em tirar uma fotografia, mas os pássaros sumiam antes da câmera fazer o clique. Então, decidimos por algo diferente: sugeri derramar o quilo de sal na abertura do cano e deixar com que ele ficasse ali até um passarinho chegar – o risco era de queimar seu bico, caso ele resolvesse experimentar aquele pozinho branco achando que era doce. Mas passarinho não se queima com o sal, dizia minha tia, fiquem tranquilos. Então, o fizemos. O que aconteceu foi que os passarinhos não vinham mais. Acho que ficamos umas 5 horas parados ali olhando para o sal sumindo aos poucos nos respingos da chuva – ou talvez foram apenas 10 minutos, não sei ao certo. Sei que ficamos muito entediados e deixamos de brincar por ali.

Então, meu primo teve uma outra grande ideia: por que não vamos brincar na chuva mesmo? Gritou tão alto que sua mãe, de dentro da sala, respondeu: nem pensem nisso, guris. Esperem parar de chover. Mas mãe, aí não vai mais ser brincar na chuva! Exatamente isso, senhorito. Pois então, sentamos na rede e, ao invés de sairmos para a chuva, começamos a inventar uma história de aventura pela pequena floresta que tinha no muro de trás da casa. Na verdade, se não me falha a memória – e olha que ela falha bastante, hein? – era apenas um jardinzinho com uma mangueira enorme que encostava nas nuvens – era de manga rosa. Mas na nossa história, tinha até balões que transportavam as pessoas de um lado ao outro do oceano. E quando pisquei um olho, já éramos adultos, tirei um cílio de dentro do outro olho e minha tia já não estava mais em casa. Assim, tive tanto medo que resolvi sair daquele lugar.

Fiquei olhando a cena naquele tempo parado no espaço. Ou naquele espaço parado no tempo.

***

A entrada do jardim era bastante ampla, convidativa. Até parecia que seria simples: você entra, colhe a flor de alumínio mais vermelha que puder achar, conte até mil e volte correndo. O quanto antes, melhor. Assim é o jogo, estamos claros?

Acho que sim, respondi, mas só para me certificar: esse jardim tem vários caminhos que levam ao mesmo ponto, correto? Neste lugar, tem outro pequeno jardim com flores de alumínio vermelhas, certo? A mesma cor da bandeira chinesa, não é mesmo? O que tenho que fazer é correr até me encontrar com essas flores, assim escolho a que tiver a cor mais forte, pego-a, conto até mil – de um a mil, ou de zero a mil? – e volto. Bem, assim me parece muito tranquilo. Consigo fazer.

Mas ninguém contou ao moço que esse jardim não era um simples jardim com caminhos delimitados. Ele se abaixa para ouvir melhor a confissão do carrasco, abre os ouvidos e deixa o sussurro entrar: é um labirinto, cabrón, boludo. Sabés vos lo que es un labirinto? Bueno, es un lugar en Buenos Aires, en la calle San Martín de la Sierra - ou seria Santa Cruz de la Sierra? - en donde todos entran y tienen mucha dificultad en salir. Na verdade, poucos conseguem sair - os outros se perdem nesse tempo para sempre. Ainda estamos nele, não percebe? Cada dia em que acordamos, abrimos os olhos e nos vemos diante do espelho - com os olhos inchados e cheios de remelas - e nos damos conta de que o fio branco que você encontrou na semana passada já duplicou e agora está difícil de encontrar um fio preto nessa cabeleira rala que você tem na sua cabeça. A barba falha mostra os passos que demos para chegar até aqui. Assim, quando o amiguinho que brincava com você todos os dias ainda com a pele lisinha, magrinho de ver as costelas, depois de 40 anos na foto estampada em seu Facebook, calvo e gordo ao lado de dois bacurizinhos - um deles com o nariz escorrendo e uma mancha escura na bochecha direita e o outro com a barriga cheia de lombrigas, dessas de 15 metros que se enrolam perto do intestino - passa por você e só te reconhece pelos olhos, então nesse momento, imediatamente, o labirinto faz sentido. Nesses encontros, quando percebemos que estamos dando voltas circulares - às vezes mais amplas, outras mais fechadas, cerraditas, como se dice en Rio Plata - temos a noção de que o tempo não é de fato temporal - se é que me entende - ele é espacial. O tempo é onde estamos.

Desse modo, entro no jardim-labirinto e vou em busca da flor de alumínio mais vermelha que há - sempre entretido com as borboletas amarelas, imaginando como seria estar em suas asas.

Mas tenho que dizer uma coisa importante: não entrei nesse labirinto porque quis entrar simplesmente. Ou seja, não fui eu quem decidiu começar por ali. Fui colocado na frente desse portão, alguém tinha as chaves – ou deixou a porta aberta – e quando passou um senhor de chapéu cowboy do meu lado, ele esbarrou – sem querer? – em mim, bateu nas minhas costas e acabou que tive que entrar. Logo em seguida, uma mulher que estava ao lado varrendo a calçada apontou para uma casinha de madeira bem perto de onde começavam os caminhos e disse que eu tinha que pegar as regras com aquele senhor ali, ó. Assim, para minha surpresa – ou não necessariamente, não consigo me lembrar direito o que pensei – o mesmo homem de chapéu que passou por mim estava sentado do outro lado entregando um livretinho para que, aparentemente, pudesse começar a caminhada em busca da flor. Todas as regras: não beber, não fumar, não ficar sem roupa, não se apaixonar pela raposa, esquecer-se do tempo, confundir a imagem de algo que aconteceu com a memória de algo que imaginamos, perder o medo de altura, preferir a escada ao elevador, confundir-se com as informações, não interrogar ninguém parado em uma encruzilhada, não beber a cachaça de Ogum, não alimentar os animais, não tirar fotos com os macacos – eles, na verdade, são guaxinins que sobem em árvores e que roubam as frutas das nossas mãos –, não beijar a árvore – lembrem-se que muitos estarão atrás das árvores tentando te pegar –, não falar alto – somente os latinos poderiam gritar ao conversar, então nesse caso, tive sorte –, não trair sua mulher, não roubar o beijo da garota da escola, não mentir aos pais dizendo que dormirá na casa do amigo, mas sair para fumar, como já dito antes: não fume, e muitas outras que só aprendemos quando estamos passando por elas. O mais interessante desse caderninho de regras é que as últimas páginas estavam ainda em branco, apenas com o título "to be continued..." e na ultimíssima página estava escrito "ritornelo". Além disso, olhando com mais cuidado, me dei conta de uma frase em letras pequenas, pequeninas, quase escondidas: "die Zeit ist nicht wirklich die Zeit, sondern was man denkt, die Zeit ist".

E do lado dessa frase, estava escrito: "não aceitamos devolução".

Como eu já estava dentro, com o caderninho de regras na mão, não tive outra opção, a não ser andar na direção que esse senhor me mostrava. Até me dar conta de que meu primo tinha ficado do lado de fora. Alone, my son, just go, maybe you find someone: suba nessa bicicleta que eu vou segurar até você se acostumar, aí podemos tirar as rodinhas, disse-me um senhor magro que em uma das mãos carregava uma garrafa de pinga. Fiquei tão contente que virava o rosto para trás e ria sem parar. (Em um momento, acreditei que esse senhor fosse meu pai, mas ainda me pergunto se foi invenção ou memória. Ou ainda, é possível a invenção ter memória? Meu pai, pelo que consta nos autos ditos pela minha mãe, morreu de cirrose hepática. Assim, quando fecho os olhos, invento que guardo na memória a fotografia na qual ele me jogava para cima e dava uma bebericada no copo de pinga. Juro! Tenho essa imagem em alguma gaveta, quer ver?). Até ralar o rosto no chão e deixar uma marca no ombro que (acho) ainda tenho – disfarçada com os pelos brancos que começaram a nascer quando tomei banho naquelas águas termais ao lado do Geyser del Tatio no deserto do Atacama. Levanta, sacode a poeira e dá volta por cima. Logo depois de andar um pouco de bicicleta pelo jardim, procurei um caminho alternativo para continuar a pé, virei na próxima esquina à esquerda de onde estava e me deparei com um grupo de garotos jogando bola em um campinho. Notei algo interessante: os meninos – todos japoneses com olhos de mangá – estavam pulando, ao invés de correr atrás da bola. Era um jogo diferente, que só entendi depois que dormi embaixo do gol e acordei assustado sacudido por uma mulher que me contava sobre bombas e borboletas amarelas: o jogo consiste em escapar desses objetos metálicos encravados na terra. Não pode errar, porque se encostar em um desses, você fica sem as pernas e só vai se dar conta quando tiver que caçar as borboletas, dizia ela. Faz parte do jogo escapar das bombas para recolher as borboletas – apenas as amarelas – que estiverem pelo caminho – para que possamos montar uma exposição. E fiz o melhor que pude, corri, pulei, capturei as borboletas e outros insetos, e entreguei todos para minha professora. Como prêmio, eu pude escolher entre: um beijo na boca, um amor que não vai acontecer jamais – pas du tout – ou uma passagem no próximo ônibus que vai pela avenida principal.

Quando desci do ônibus, tive a sensação nítida de estar chegando na praça Osório. Dei uma pequena volta pela parte de trás de um prédio e deslizei minhas mãos pela parede de fora – de ponta a ponta – e continuei andando a fim de procurar a entrada. Dei tantas voltas na quadra que quando decidi que estava cansado, já era de noite: algumas crianças, que estavam sentadas no meio-fio bem em frente de onde fiquei enxugando o suor, começaram a apontar para mim e rir copiosamente. Uma delas, a que parecia mais velha, já com dificuldades de andar sem a bengala, dizia: Charles, faça de novo!, por favor, foi muito engraçado. De tanta raiva que fiquei deles, saí correndo com o rosto levantado, olhando para o céu encoberto e comecei a sorrir achando que estava cruzando a linha de chegada, mas como não estava vendo por onde passava, continuei em linha reta. Estou vencendo, vencendo, vencendo, e me esqueci de fazer a curva. Mais adiante, ainda correndo, pude perceber as luzes de um estádio e a linha de chegada. Haviam preparado um concerto de música, mas ninguém foi assistir. A banda, então, não perdendo a graça nem a compostura, montou seu palco na calçada ao lado do carrinho de cachorro-quente e seguiu tocando.

Eu pedi um suco de limão bem gelado e fiquei acompanhando a salsa cubana que eles estavam tocando: baixo acústico, violão, trompete, bateria e percussão. De alguma forma, ele foi parar ali. Mas, primo, o que você está fazendo sentado nesse cajón? Pelo amor de deus, desde quando aprendeu a tocar esse instrumento?, perguntei admirado, deixando meu copo em cima da grama. Depois te explico, vem aqui, lembra dessa canción? Claro que me lembrava dessa canción, eu havia escrito a letra – desastre total, silêncio para sempre. Puxei o banquinho em que estava sentado para mais perto e comecei a cantar os versos escritos para aquele amor perdido e mal pago. O sol estava se pondo e era como se estivéssemos sentados na sacada de um prédio histórico, de frente para o malecón, observando como as meninas faziam para se aproximar dos turistas. E de fundo, a música que não parava: uma atrás da outra. Até raiar a madrugada e descermos o morro com uma mão no bolso e a outra carregando o violão.

Tudo durou o tempo de um bocejo. Então decidi novamente que estava cansado, mais ainda do que anteriormente, e me despedi de todos. Meu primo queria me mostrar o que achou atrás de uma mangueira no centro da praça e me levou até lá. Vamos dormir, primo, amanhã você me mostra, pode ser?, perguntei ainda com a esperança de encontrar minhas cobertas quentinhas me aguardando na cama. Mesmo com o calor infernal que estava fazendo. Até parecia que estávamos em Porto Alegre no verão. Olha, ele me disse, vou te mostrar como cheguei até aqui, e continuou: eu estava andando por las calles centrales de la Ciudad de México, procurando por um chicharrón para matar minha fome, até que me falaram que o melhor chicharrón da região era feito aos pés das pirâmides de Teotihuacán. Pois, embestei para esses lados e fui andando durante um dia e meio até encontrar o sol atrás das pirâmides. Assim que cheguei na região, me falaram que o senhor que fazia o chicharrón não morava mais ali, ele tinha ido embora para a Capadócia e, se eu quisesse, poderia alugar um balão, logo ali, ó, e partir pela ruta transamericana até chegar na Turquia. E foi o que fiz, subi no primeiro balão que tinha, o piloto ligou o taxímetro e alçamos voo. Mas algo deu errado no meio do caminho e ele me disse que teria que fazer um pouso de emergência nesse jardim ali embaixo. E foi o que fizemos. Descemos nessa praça aqui atrás e, como ainda teria que arrumar o sistema de calefação do balão, resolvi caminhar pelo malecón. Eu sabia que você estaria aqui, perguntei para um senhor com chapéu de cowboy que estava sentado em um banco da praça tomando café.

Era para apenas sobrevoarmos o jardim, a fim de verificar se o equipamento estava funcionando bem, e também para tentar visualizar a flor de alumínio mais vermelha que há e pegá-la, conforme as instruções, mas senti tanto frio, como quando passo o inverno em Curitiba, e medo, que insisti para me deixarem do lado de fora. Tudo bem, primo, fico sozinho e a gente se encontra logo, outra hora eu tento achar essa flor, que tal um café?, perguntei. Sim, podemos, na semana que vem? Combinado. E assim, o piloto do balão, depois de atravessar o oceano, me deixou do lado de fora.

Talvez tenha durado dois segundos, ou dois anos, não tem como saber, já que o tempo não é possível e nem certo. Só sei que levei um esbarrão que veio de encontro às minhas costas me jogando para dentro do portão: era um senhor com chapéu de cowboy. Assim que entendi que estava dentro de um jardim, uma mulher que varria a calçada apontou para uma casinha de madeira ao lado da entrada. Ali estava esse mesmo senhor entregando um livretinho com as regras de como andar por ali.

Alguém na fila para pegar as regras comentou que uma pessoa disse que conhecia um amigo que tinha uma namorada que entrou aqui a fim de buscar a flor de alumínio mais vermelha que há a qual fica – quem sabe, talvez, por que não? – no pé de uma mangueira – manga rosa:

Dizem que é bem doce.

To be continued...

Empty box

Sabe que até cheguei a pensar sobre isso antes, mas acredito que nunca dei a devida atenção ao caso. Não tenho muita certeza. Aliás, quem tem? É difícil ficarmos totalmente seguros sobre o que estamos falando, fazendo, ou melhor, de *como* estamos falando e fazendo. E já esclareço, não estou me referindo a nada muito complicado, apenas a algumas situações normais de nossas vidas, eu diria que são até mesmo muito triviais.

Mas há quem diga, justamente, que, por eu achar essa situação trivial, estou, de fato, banalizando algo muito importante e, por isso mesmo, acabo não me dando conta de como me relaciono com o assunto – que seja bem pontuado e cadenciadamente dito. Assim você está cheio de não me toque, não me rele, Carlos, disse-me o homem sentado ao meu lado no ônibus.

E que fique claro, só consegui parar para pensar nisso agora, nos últimos tempos, talvez anos, meses ou horas, não sei. Antes nem estava assim tão preocupado. Por isso, já é um grande esforço de minha parte, ou melhor, um avanço incrível, não acha? Pergunto sem muito me preocupar com a resposta.

Talvez tenha a ver com a idade: sabe, quando se tem 20 anos, por que devemos nos preocupar com aquilo que some de uma hora para outra? Com aquilo que desaparece para nunca mais voltar, temos toda a vida pela frente e muito tempo, portanto, para recuperarmos o que perdemos e, ainda mais, nos relacionarmos com outras situações: 20 anos e toda uma vida pela frente, sem medir consequências e sem muitos planos.

Como em uma canção de Charles Aznavour, que canta com 90 anos como se ainda tivesse 20 – o senhor obcecado pela juventude, já viu em quantas canções ele fala dos tais 20 anos?

Pois bem, essa semana, eu diria que a questão bateu lá no fundo, como nunca havia acontecido: uma pequena mensagem de oi para uma amiga querida de tantos anos atrás, com quem passava dias e dias ao longo de anos e anos e, apenas porque nunca mais escrevi para ela, significa que não me esforço por nossa amizade? É isso que você quer dizer? Eu me lembrei tanto de você ontem quando vi um anúncio sobre o concerto de nossa banda favorita que acontecerá na Suíça! *Sua* banda favorita, para ser mais preciso. Por isso quis te dizer: olha, me lembrei de você. Sabia que sempre penso em você? Está aqui no meu coração, guardadinha em um cantinho bem especial, escrevi para ela. Já pela resposta seca percebi que algo não estava como sempre foi, obrigada, respondeu ela. *Obrigada*? Simples assim? Obrigada, meu querido amigo, pela lembrança, por ter pensado em mim, por que ainda não comprou a passagem e o ingresso para eu assistir ao concerto? Risadas. Ah, isso sim eu poderia esperar de você. Mas não um simples *obrigada*. E ainda escreveu: "esse ano, chegou aos meus ouvidos uma história sua que me decepcionou tanto, prefiro que você não me escreva mais. E não posso contar quem me falou, não seria justo."

Não seria justo? N-ã-o-s-e-r-i-a-j-u-s-t-o? E o que seria comigo? É justo me falar isso e nem sequer ter o trabalho de duvidar antes de acreditar? De me escrever para perguntar? De querer saber um pouco mais? De ficar quieta no seu canto sem pensar sobre a verdade ou a mentira desses fatos que nem teve a coragem de me dizer? Bem, assim, realmente, não precisamos mais nos escrever, não é mesmo?

Puxei o ar ofegante com mais frequência do que o normal, virei o rosto para respirar com tanta força, mesmo sabendo que depois da aula meus ombros ficariam doloridos, e as costas queimariam de tanto abrir o pulmão. Sem dizer que me perdia o tempo todo na conta de quantas piscinas eu estava fazendo: 12 viravam 10 ou 14 e nunca eram 12. Intrigante isso tudo que aconteceu, como assim não quer mais falar comigo? O que antes era amarelo começou a ficar azul, verde e se misturava com todas as outras semi-cores, talvez a sunga do nadador ao lado, ou o maiô da moça que nada duas raias depois da minha, até que todas as cores juntas ficaram pretas (não é assim quando pintamos uma cartolina com todos os lápis de cor que ganhamos de aniversário?): cheguei a engolir muita água quando fazia a virada olímpica errada, as alunas da hidromassagem quase se esbarrando em mim, animadas em cima de uma cama elástica, faziam ondas que pareciam querer me sufocar. Falta concentração, Carlos. O que está acontecendo hoje, perguntava meu professor, vamos, nade que eu conto as piscinas para você.

Naturalmente que nem me passou pela cabeça achar que o problema não era dela. Eu ainda não havia parado para pensar, de fato, sobre isso. Logo depois de uma série de 30 piscinas, decidi que me encontraria com um amigo para poder conversar sobre isso, quem sabe ele pudesse me ajudar a pensar sobre o que tinha acabado de acontecer, sobre essa mensagem que recebi dela. E também, sei lá, ficar falando besteira. Pois na próxima série – de 400 metros – relacionei em minha memória uma lista de amigos prioritários: comecei pelo mais importante: já parei nesse primeiro nome. Quem? Sabe aquele amigo que você pode ligar às 3 horas da madrugada, depois de ter enchido a cara em uma festa com travestis do terminal Guadalupe e se envolvido em um acidente de carro? Aquele único que vai sair de onde estiver – se já não for com você – para te ajudar impreterivelmente? Pois, não consta nada nessa lista. Deu erro de sistema. Zero. Empty box.

Nada. Não sobrou nenhum para contar a história. Nesse momento, me preocupei. Deixei de respirar por algumas braçadas até me perder na conta novamente e na noção de espaço, batendo com a cara na mureta no final da piscina. Acertou em cheio meu olho direito. O professor pediu para que eu fosse até a recepção a fim de colocar gelo e voltar, porque ainda tinha mais mil metros para finalizar.

Sobrou tempo para pensar um pouco sobre isso: meu melhor amigo por anos. Pule a onda, ô cara, não está vendo que ela vai te derrubar?, gritava ele da ponta de areia em Pontal do Sul, naquele verão de 94 quando nos conhecemos. Uma década, todos os dias. Atrás dos CDs mais raros e difíceis, as letras das bandas favoritas impressas por aquele trambolho matricial que levava uma semana para terminar o serviço, os telefonemas para as meninas que conhecíamos pelo disk-amizades e que nem bonitas eram, mas as imaginávamos calientes, até a festa do dia dos namorados em que combinamos três casais: ele com ela, o outro com a outra e eu com essa. *Ele* com *ela* casaram-se, *o outro* com *a outra* repetiram a dose e *essa* casou-se com *aquele*, que não tinha entrado na história e *eu* fiquei parado na frente do espelho, irradiante de contente com minha solidão controlada.

Após o primeiro filho, ficamos apenas nos telefonemas. Cheguei a ir até eles e conhecer o novo apartamento: prepararam uma macarronada, suco de limonada suíça e mousse de maracujá como sobremesa. Conversamos sobre o preço das cortinas, dos tapetes, das panelas, roupas-de-cama e dos móveis. Eu ainda morava no apartamento da avenida Silva Jardim em apenas um quarto-sala, dormia em cima de um colchão de livros e me cobria com as capas de vinil de todos os músicos de quem mais gostava. Deitava com minha namorada no sofá azul com amarelo, tomava suco de cupuaçu com leite e fumava Minister light, que suavizava o ambiente.

Eu não estava pensando em roupinhas de crianças. Um encontro casual no Mercado Municipal outro dia, rapidamente: nossa!, como ela está grande, lindinha, e ele tão parecido com o pai! Olha os dentinhos para frente. A mãe concorda e corre para acudir o menino que precisava assoar o nariz, já que estava com um pequeno ranho saindo pela narina esquerda, e quase encostando nos lábios. O menino passa as costas da mãozinha para se limpar. E nisso, a menina, já tão grandinha, ficou puxando a blusa do pai perguntando se não podiam ir embora. Achei que estava atrapalhando e sem muito jeito com essa situação, me desculpei que tinha um compromisso e os deixei gritando por ali.

Nunca mais os encontrei.

E teve uma época em que eu queria aprender japonês. Em Londrina, do lado da Pensão Brasil, eles chegaram durante a noite. Me lembro que pela manhã, quando acordei, tinha um carro parado na frente do portão do vizinho e um japonesinho correndo para todos os lados. Minha mãe foi até eles e se apresentou, mas acho que ninguém entendeu ninguém, eles só falavam algumas palavras em português. Trabalhavam com o café, com o algodão, cavoucando a terra vermelha. Para minha alegria, o japonesinho acabou indo estudar na mesma escola que eu. Senti-me importante: era o vizinho de um menino que veio do outro lado do mundo, ali de baixo, no centro da terra. Eu andava com ele como se fosse seu segurança. Não fale assim, ele não te entende, deixa que eu traduzo, dizia a todos para mostrar que eu era o dono da situação. Aos poucos ele foi aprendendo algumas palavras, frases, ideias e, quando menos esperava, já estava falando português melhor que muitos de nossa escola. Minha mãe dizia que os japoneses eram muito mais inteligentes do que os brasileiros, eles tinham algo no cérebro programado para funcionar em alta voltagem, era só apertar um botãozinho (nunca viu Jaspion?). Realmente, enquanto eu me esforçava para tirar uma nota razoável nas provas de matemática, ele fazia a prova em dez minutos, não precisava estudar ao longo da semana e ainda tirava uma nota muito melhor que a minha. Eu ficava feliz por ele. Tinha a sensação de ser seu irmão mais velho.

No terraço de sua casa tinha muito espaço para brincar: pegávamos duas garrafinhas – de vidro, como não? – de guaraná quente, fazíamos apenas um pequeno buraquinho na tampa de metal com uma faca pontuda – sempre com o risco de talhar o dedão se essa faca escorregasse – para que o gás não saísse de uma vez, sentávamos encostados na parede de frente para a rua e ali corriam as nuvens sobre nossas cabeças, sobrevoavam os passarinhos que seriam atingidos pelo estilingue no final de semana – e que depois tiraríamos as penas, encheríamos uma frigideira de gordura e fritaríamos para comer com o guaraná do dia seguinte. Nesse momento, quando enchíamos a boca com um golão de guaraná – quente – vencia aquele que arrotasse o mais alto e duradouro possível! Eu geralmente ganhava na categoria mais alto – claro, sou brasileiro – e ele, mais longo. E o prêmio para o arroto mais duradouro da história dessa cidade vai para... o japa aqui do lado! Parabéns, japinha, eu te entrego a faixa de campeão. Agora é sua vez de me dar a faixa de vencedor pelo arroto ouvido até no Japão, do outro lado do mundo!

A última vez que o vi, foi em uma fotografia em que eu estava sobrevoando a cabeça de meu pai – magro, já com cirrose hepática – que sorria para mim. O japinha com as mãos na cintura olhando para frente, como quem diz: para onde tenho que olhar?

A primeira vez que assisti Karatê Kid, chorei copiosamente de saudades dele.

Eu já estava perdido na quantidade de piscinas que tinha feito, mas continuei nadando porque meu professor logo iria pedir para que eu parasse. Eu me afasto das pessoas? Eu não tenho certeza do que acontece. Vejamos assim: cada pessoa que passa por nossas vidas nos deixa pedaços de pele espalhados por todos os lugares. Se estamos por perto, esses restos vão parar debaixo de nossas unhas – quanto mais perto, maior a quantidade de cheiros e gostos transportados. Pois assim funciona, acumulamos um pouco de cada pessoa, de cada amigo, de cada amor gritado ou acariciado, sabe? Não somos mais do que uma simulação de tantos outros. Então por que diz que eu me afasto das pessoas? Absolutamente não é verdade, Carlos

– de frente para o espelho –, eu não me afasto de ninguém, eu absorvo a todos, rumino, regurgito para comê-los novamente, até poder pegar o melhor de cada um. Mas, Carlos, egoísmo isso, não? Não, senhor, deixo também a poeira que se acumula em meus cabelos para quem quiser esfregá-la pelo corpo. É uma troca. Injusta às vezes, mas ainda assim uma troca. E a solidão de quem está entre uma troca e outra? Talvez essa seja a grande questão: não será realmente necessário esvaziar a lista?

Busco na memória alguém para quem eu possa escrever convidando para um café. As imagens estão um pouco apagadas.

Sabe quando se fica atordoado, sem saber exatamente onde está? Quando trabalhava viajando de cidade em cidade, eu acordava e tinha que me esforçar para me lembrar onde estava. Dormia em Manaus e acordava em Porto Alegre, caminhava em Recife e jantava em Florianópolis, cheirava Campinas e espirrava em Salvador, e assim nunca saía de Curitiba. Atordoado mesmo fiquei quando levei um chute no treino de muay thai. Meu amigo da época – e assim começo a considerar que temos épocas – foi quem me acertou. Se estivesse comigo nessa piscina, tenho certeza de que ainda estaria pedindo desculpas. Tudo bem, brou, já passou, faz parte do jogo. Mas com a mesma força que me chutou, foi quase o único que me visitou no hospital quando fiz uma cirurgia. O primeiro a chegar, o último a ir embora e ainda foi quem me trouxe para casa.

Até que decidiu ser rico. Ganhar dinheiro. Comprar um carro importado – que quem sabe será queimado nas ruas em uma revolução popular. Financiar um apartamento. Abrir uma empresa. Vestir-se com camisas da *Lacoste*. Foi um descompasso. Um dia sem o café, dois dias, uma semana, três semanas, um mês e já se passaram 4 anos e 1 milhão de reais em sua conta. Continuo catando milho no teclado do computador e passando as noites à base de cigarro e Coca-Cola light, preparando as aulas de inglês a serem dadas no dia seguinte. Ainda no mesmo apartamento da avenida Silva Jardim.

Em uma dessas cambalhotas – sem respirar até o fim – ainda me livrando dos pensamentos anteriores, me dou conta de que alguns meses atrás, me escreveu uma outra amiga – e que tudo indica agora ser uma ex-amiga – fazendo exatamente a mesma coisa: ouviu que eu tinha dito para um conhecido desse novo namorado da filha dela, e que outra pessoa ali de dentro confirmou que talvez eu pudesse ter realmente dito, que eu não me importava com ela, blá, blá, blá e que era melhor eu não mais blá, blá, blá, claro que nunca me perguntou se realmente era verdade, e tipo, blá, blá, blá e assim nunca mais.

Nem faço questão. Afinal, não é a Brigitte Bardot, é?

Sou eu quem não faz questão? Se deixasse de nadar nesse horário, teria tempo – ou vontade – de preservar a amizade com esse meu professor? Se saio de meu novo trabalho, continuarei em contato com as pessoas de todos os dias? Eis que me vejo sempre em busca da solidão comedida, acumulada, mas deixada de lado para um próximo capítulo.

Assim que termino de tomar o café, viro a xícara de ponta-cabeça e a deixo parada por alguns minutos. Assim, os pingos que sobraram misturam-se à borra que fica no fundo e formam palavras, frases, desenhos em sentido horário e anti-horário. Já se passaram horas, semanas, meses e continuo olhando para a xícara virada de cabeça para baixo no canto da mesinha. O livro fechado ao lado e a lista vazia – ou apenas borrada – de pessoas para ligar: o vento que soprava da rua XV em direção à mesa do Cantata Café onde me sento durante a semana toda, a vida toda, trazia um cheiro de deserto, do sul do mundo. Pousei em El Calafate em um fim de tarde amarelo, em que o sol, lentamente como um desses lagartos patagônicos, se punha atrás das rochas arenosas de cor ocre e secas. Quando desci as escadas do avião, ainda na pista, senti a mesma borrifada de vento que esfria a bebida de todos os dias nesse café do centro de Curitiba. Todos os passageiros que vinham ao mesmo tempo que eu, calavam-se diante da solidão avassaladora que aquele lugar trazia para nosso lado. Como se o mundo parasse por um momento, para deixar o vento caminhar a poeira de um lado para o outro, formando e deformando e formando novamente imagens e desimagens.

Minha lista estava vazia – borrada talvez – suja do café que esfriou com o vento que fez a curva na rua XV, da areia da Patagônia, do ranho saindo pela narina esquerda do filho de meu amigo, do chute que levei na aula de muay thai, do arroto mais alto e mais demorado que troquei com o japinha ou ainda com o corte de faca dado por uma amiga que se diz vítima de outro corte de faca, sem ao menos perguntar se era realmente uma faca ou uma rosa.

Borrada – vazia talvez – pela solidão institucionalizada, arquitetada, produzida e realizada. Mas por quem? Para quê?

Não confesso absolutamente nada. Sinto muito.

N-ã-o-s-e-r-i-a-j-u-s-t-o

Está me entendendo? *N-ã-o-s-e-r-i-a-j-u-s-t-o.*

Sides

Graças a Deus deu tudo certo!, afirma a policial para o repórter, no dia em que a homenagearam pelo ato de bravura.

Simples assim, faz o que tem que fazer e as coisas podem funcionar muito bem. Tudo pode dar muito certo. Às vezes, até fazendo errado pode ser que dê certo, assim pensam outros. Basta esforçar-se para poder virar a esquina e seguir manejando adiante, sem tantos obstáculos. As normas foram feitas para todos, na mesma medida, para que possamos desobedecê-las da mesma forma, sem tanto estranhamento. Deu tudo certo, Graças a Deus! Graças a Deus que deu tudo certo, ou graças ao fato de você ter estado naquele lugar, naquele momento, segurando a mão de sua filha naquela posição e não na outra? Algo como: por acaso eu estava ali, como quem não quer nada e o vi chegar, vindo em direção à escola, ao lado de outras mães, crianças e o porteiro. Chegou de uma hora para outra, sem avisar – até mesmo porque tivesse avisado, não estaria por lá, não é mesmo? – foi ficando maior, mais próximo e interagiu com as pessoas mostrando a arma que portava embaixo da camisa: gritou voz de assalto e deu mais dois passos para segurar aquela menina.

Chegou a encostar nos cabelos loirinhos dela, deslizou os dois dedos da mão que não segurava a arma e ficou com um chumaço de cachos entre as unhas, não conseguiu trazê-la para mais perto. Fechou os olhos quando a puxou, já sentindo que estaria presa em seus braços, sob a mira da arma, mas foi jogado para trás: uma ventania vinda da esquina anterior, dobrou a rua e com velocidade até chegar no estômago do rapaz, deixando-o sem entender do que se tratava: no canto esquerdo de cada olho, alguns pontos que pulam para os lados e brilham cada vez que se aproximam de sua testa continuam em uma ciranda descompassada, como fossem borboletas voando em direção ao não-lugar, tentando dar as mãos para rodar. Porém, o que roda são as cores, as formas e as não-formas que estão ao seu redor entortando seu sentido de estabilidade, o chão vira-se para o céu e o céu deita-se de barriga para cima no asfalto pelando pelo calor de meio-dia. Nessa hora, a cidade está ainda mais úmida que normalmente, já que o sol está exatamente em cima do mar, e o cheiro do mormaço ondulando na rua é o último a vê-lo de pé. Na altura de seu peito, a fumaça do cigarro que não estava fumando, pólvora talvez? Alguém acendeu um fósforo? Minha mãe esqueceu a panela no fogo e foi pegar água na bica perto do riacho? Onde está meu irmão para me ajudar com esse fogo aqui, hein? Fui o único que não pôde visitá-la no hospital, estava impossibilitado naqueles dias: o único. Também não me despedi dele, deitado na cama com o fígado pela metade. Me desculpe! Por favor! Em sua cabeça, o grito saía ardido, forte. Mas a boca ainda fechada, travada. Os lábios inchados – encostasse uma agulha bem de leve, explodiria. Ele tentava encontrar no meio de onde estava – e que não sabia – as cores, formas distorcidas, o mormaço e a umidade, um pouco de água para jogar no peito: estava ardendo. Chamava ainda mais alto pelo irmão, sabia que ele poderia ouvi-lo, já que imaginava sua mãe enchendo os baldes na cachoeira atrás dos barracos no pé do morro, dali é certo que não conseguia ouvi-lo chamando. Como ele gritava e gritava! Mas não saía voz nenhuma, tentou correr. As pernas estavam no corpo, ele podia vê-las, mas estavam secas, estendidas, duras, em uma posição que nunca imaginou pudesse acomodá-las.

Tinha sede. Muito sede.

Pela janela do carro, a menina ainda pôde olhar em sua direção mais uma vez: depois dos últimos espasmos deitado no fervor ao lado do meio-fio. Os olhos, sem movimento, estavam abertos, apontados para o sol. Entre o menino estendido no chão e a janela do carro, a policial chuta a arma para longe de tudo e a busca para se assegurar de que mais nada de ruim pudesse acontecer. O suor em seu rosto mostra que não foi assim tão fácil como parece: acabou com ele, acertou no meio do rosto, acertou na ponta da perna, queimou o peito. Três estalos que ainda se escutam no eco da rua e que caminham com o vendaval em direção ao mar, passam pelas pedras da ilha próxima ao porto e retornam até subir o morro: ali atrás estava a mãe, enchendo dois baldes de água – um para cozinhar e outro para tomar banho.

A mulher coloca o lenço no cabelo, ajeita o vestido que encurtava os joelhos, lê outra frase na bíblia já rasgada de tanto virar as páginas, faz o sinal da cruz costumeiro toda vez que está para sair, puxa um balde em cada braço, cuida para não escorregar e começa a descer de sua casa até às ruas de baixo: a água não sobe o morro. Passa por algumas ruelas desviando-se dos cachorros escondidos por ali, cumprimenta a vizinha que acaba de voltar com água nas mãos, olha para o sol quase apontando no meio do céu e continua como não houvesse mais o que fazer. Muito pensava, mas cantava a canção que ouviu ontem na igreja, três vezes para que nunca se esqueçam, dizia o pastor.

Mas como esquecer-se dessa canção? E de tantas outras: acompanhavam sempre os últimos dias do marido, já vomitando sangue – cirrose hepática. O pastor tentou ajudá-los, oferecia uma casa de recuperação, um emprego, qualquer possibilidade, mas não foi maior que o orgulho do pai. Morreu seco, magro, amarelo, deitado na mesma cama de sempre, forrada com um pano almofadado, o qual ele usava para limpar o canto da boca toda vez que precisava cuspir o que já não tinha mais. O filho mais novo impossibilitado. Pelas ruas. O irmão mais velho foi quem, ao ver o pai virando os olhos para trás, limpou sua boca pela última vez.

Agachada na beira do riacho, termina de encher os baldes. Cadencia os recipientes em seus ombros – procurando um ponto onde doesse menos – e se direciona para a ladeira que a levaria de volta. Já quase virando a última esquina, um estalo seco, acompanhado de mais dois vindos do riacho: alguns peixes pulando para fora d'água, retorcendo-se nas pedras. Parecia a mesma dor de antes: assustou-se tanto que os dois baldes caíram de seus ombros. Toda a água escorrendo pelo mesmo caminho por onde acabou de passar, subindo. Um dos baldes rolou até a porta da casa de uma outra senhora que varria a rua e que correu para ajudá-la. Trouxe-a para dentro de casa e se ofereceu a ir chamar seus filhos. Colocou sal embaixo da língua para tentar evitar de ir ao hospital novamente: tudo, menos passar minha vida naquele lugar. Um pressentimento estranho, parecia que ia parar o coração novamente, as mãos formigavam da mesma forma, as unhas doíam, escutava o filho gritando que o pai estava sem respirar: ouvia um apito agudo, alto, vindo lá de baixo, como se batesse em sua testa chamando-a. Tinha a voz de seu filho. O mais novo.

O prefeito levantou-se da cadeira, de uma forma preguiçosa, talvez pesado demais para a ocasião, abriu um sorriso quando ia em direção ao palco e logo se colocou diante dos jornalistas. Recebe de um dos assessores uma placa com o nome da policial e flores de alumínio. Olha para a direção dos guardas e a identifica. Não fiz mais que a obrigação, afirma ela. Graças a Deus. E assim se fala de responsabilidade, de Deus e de estar no local errado, na hora certa ou algo dessa forma. A filha colocada de lado, empurrei com toda força, explica ela, e só assim pude abrir a bolsa. Ao lado de todos, fotos para os jornais. Tão excitada que mal pôde começar a dormir. Mas colocou a cabeça no travesseiro com a fronha limpa. Leve. Apenas lembrando de vultos e flashes. Viu os cabelos da filha desaparecendo na mão do rapaz, lembra-se de quando olhou pelo canto dos olhos para ver quem estava por perto, fecha os olhos para os estalos e só pensa em Deus, para que ele dê força e pontaria. Graças a Deus deu tudo certo! Grita ainda dormindo. O marido busca um pouco de água e sorri por vê-la ao seu lado. Assim, no dia seguinte, contou para todos do trabalho: Graças a Deus deu tudo certo! Assim que caiu, colocou a mão no peito e soltou a arma, as pernas foram atingidas e endureceu sem poder se mexer. Tudo certo, absolutamente tudo certo. Estava na hora certa no lugar certo com a mão na bolsa certa e no gatilho certo. Perfeitamente afastou sua filha do meio do caminho, colocou as outras mães para trás, ficou entre o menino e o segurança – que nada viu – e tudo deu tão certo que com os estalos, bastou um para endurecer o rapaz, e então ajoelhou-se para pegar a arma que quase ficou embaixo do carro, passando sem piscar os olhos. Deu tudo certo. Graças a Deus.

Olhando vagamente para uma fotografia pendurada na parede de madeira de sua casa, a mulher perde-se no tempo e no espaço imaginando aquilo que já tinha certeza. Mais cedo ou mais tarde seria dessa forma, novamente. Talvez tivesse que ir ao hospital para não mais voltar, verificar o pulso e controlar o batimento do coração. Mas para que lado se virar? Em que posição deve cobrir-se com uma colcha fina e dormir? Colocar a cabeça no travesseiro e deixar-se adormecer? Acordar de que forma? Deu tudo errado. Em sua lembrança, escolhe os momentos em que poderia ter feito de outra forma, poderia ter sido diferente, mas não foi. O cheiro que vem do quarto, ainda o mesmo, do sangue do marido, a ausência do filho mais novo, o filho mais velho que segura suas mãos. A dormência do braço. Talvez seja apenas o cansaço de ir todos os dias buscar o riacho e subir o morro tudo outra vez, passar pelas pedras sem escorregar, puxar a saia sem bater as canelas, levantar a cabeça sem deixar o lenço cair, os ombros arqueados para carregar os baldes cheios de pingos d'água. O filho mais novo teve direito a uma ligação, mas não sabia o telefone de casa. Uma vez o visitou. Não suportaria voltar. Nunca mais. Durante dias, semanas, meses, sonhou que alguém cortou metade de seu braço e o escondeu em algum lugar no meio do morro. Essa pessoa lhe entregava todas as manhãs, durante o café preto com pão amanhecido, um papel em que dizia para onde ela deveria ir a fim de encontrar essa metade de braço. Todos os caminhos davam para o mesmo lugar: uma gruta ao lado do riacho onde era possível entrar, mas assim que alguém olhava para trás, as pedras moviam-se, e dessa forma, quem estivesse dentro nunca mais sairia. Ela nunca entrou, ficava do lado de fora chamando por ele, esperando a porta abrir para entrar com uma blusa, já que naquele lugar fazia friozinho à noite, e uma flor.

Se ficar mais algumas horas por ali, vai feder, afirma o porteiro.

Duro que nem uma pedra. Em alguns segundos estendido no chão com as pernas secas, no meio da umidade do asfalto, do sol brilhando na praia da rua de trás, o grito que não conseguiu dar chamando a mãe, porque as ondas que batiam na areia eram muito altas.

As cores do arco-íris
(para Maria Luiza Carbonieri Machado)

Mr. Patterson was chopping in the green flowers. He stopped chopping and looked at me. Mrs. Patterson came across the garden, running. When I saw her eyes I began to cry. You idiot, Mrs. Patterson said, I told him never to send you alone again. Give it to me. Quick. Mr. Patterson came fast, with the hoc. Mrs. Patterson leaned across the fence, reaching her hand. She was trying to climb the fence. Give it to me, she said, Give it to me. Mr. Patterson climbed the fence. He took the letter. Mrs. Patterson's dress was caught on the fence. I saw her eyes again and I ran down the hill
(William Faulkner, **The Sound and the Fury**, 1929)

Pois assim, os olhos viravam-se de baixo para cima, brancos, sem o castanho cortado ao meio por um risco preto. A cabeça baixa, como olhasse para os pés tentando ver o teto. Abaixava-se cadenciadamente para não encostar na placa próxima à porta. De supetão, levanta o braço direito e atinge em cheio uma lâmpada acesa, deixando os cacos espalhados pelos cabelos e ombros. Não se muda o colchão de lugar assim de uma hora para a outra, sem avisar, apenas porque tinha que limpar o carpete do quarto. Alguns centímetros fora da marca que faz os pés e pronto, os dedos em riste para a parede, olhando fixamente para uma pequena rachadura ao lado da janela. Diretamente no olho da lagartixa parada ao lado, esperando para dar o bote em uma pequena aranha marrom que se alimenta de poeira. Alguém disse que elas podem acabar com a vida de qualquer um, por isso Pedro está sempre na espreita para esmagá-las sem pestanejar – com a ponta da unha, como fosse um piolho. Da mesma forma, buscou os olhos da mulher que virou sua cama de ponta-cabeça, riscando com o vento um pedaço da córnea. Nessa noite sem sono: virava-se para todos os lados, como uma borboleta que voa em ziguezague prestes a cair da cama, arrastando o lençol com o qual se embrulhava, tal um bebê recém-nascido. Sua mãe ao lado, segurando suas mãos para acalmá-lo, ajustando a cama exatamente onde deveria estar e mostrando para ele que já era como sempre foi. E continuará, Pedro. Em alguns momentos, pedir calma para alguém é como abrir uma porta estreita e exigir que várias pessoas passem ao mesmo tempo: uma batendo na outra, aglutinando-se, virando-se, tornando o efeito contrário do que se espera. Dessa forma, apenas pequenos movimentos na mesma direção, em intervalos de pulsos, do contrário seria pior.

Quando ainda um pacotinho, a mãe fingia não perceber que o filho dificilmente fixava os olhos nos dela. Procurava sempre por algo que não existia: talvez uma mosca que tenha passado sem ser percebida, ou uma goteira na pia do vizinho de cima. Sempre pensava que deveria interfonar para eles verificarem se não tinha uma torneira aberta ou, quem sabe, o vaso sanitário sem a vedação necessária. Será que é uma mancha de mofo que tem logo ao lado do chuveiro? E o filho virava a cabeça com o mesmo movimento, evitando que ela colocasse o capuz da blusinha. Fazia frio em Curitiba nessa época do ano, mas ele não queria. O brinquedinho que ganhou de sua tia estava pendurado no teto, ia e vinha, um aviãozinho ligado na tomada fazendo um barulho engraçado. O menino procurava por todos os lados, mas não sabia de onde vinha o vento. A papinha ficava espalhada pelo rosto e babador, um pouco ele comia. Para ela, o filho sorria o tempo todo e era brincadeira que não queria comer. Alguém provavelmente ligou a música no último volume, talvez no prédio da frente, ou de trás. O filho não conseguia dormir facilmente. O médico dizia que era normal, muito sensível: dê esse remedinho aqui, ó, vai deixá-lo mais relaxado. Mas ela dava descarga. Três ou quatro vezes. Talvez se chorasse? Mas dessa forma, não estaria apenas tirando os braços do volante na iminência de um acidente? Assim como colocar as mãos no rosto quando precisa atravessar uma ponte móvel, sem segurança e nem cordinha para se apoiar.

Tão logo quebrou o foco de luz que o incomodava, Pedro continuou apenas com o branco dos olhos à mostra, balançando a cabeça sempre na mesma direção, sem olhar para frente. Passou por algumas pessoas sem vê-las e parou ao lado contrário de onde elas estavam. Suas costas ainda mais arqueadas do que normalmente, os braços e as pernas desproporcionais ao resto do corpo, como tivesse se alongado apenas nas extremidades – como todos os adolescentes –, os cabelos cortados em casa, com calma para não se machucar, as unhas sujas de suor. Pedro já estava com sua sunga, pronto para entrar na água, porém esqueceu-se. Com um movimento sincronizado, abre as portas de cada um dos 40 armários do vestiário. Apertando os dentes, calcula o mesmo espaço entre eles, percorre de ponta a ponta certificando-se de que estão na mesma posição, pisca um dos olhos medindo a distância e se afasta para pegar uma certa velocidade. Ao lado, alguns homens enrolados em suas toalhas, acompanham-no com bastante interesse. Ou talvez estejam assustados, não se sabe ao certo. Difícil prever o que acontece de um momento para o outro. Como na rebentação do mar que, segundos antes de explodir entre as ondas batendo na areia, abraça o silêncio. Ninguém se move, nada acontece. No jogo de vôlei, o levantador coloca a bola, leve, sutil, entre a rede e a mão do atacante, exatamente quando ela nem sobe e nem desce, plana e para no ar: 4' 33".

Aprenderam que quando estivessem jantando, teriam que desligar a televisão. Nada de música, fala-se o essencial. Assim, o menino come. Até soar o alarme de um carro na esquina da rua de trás – ou da frente –, entre um som agudo e o silêncio, 2 segundos entre eles, Pedro espreme as palavras ouvindo a nota "Lá", 440 hertz, como se alguém estivesse dentro de seu ouvido apertando o botão da caneta sem parar ou batendo o pé insistente no assoalho de madeira. A mãe o entretém lendo uma historinha ilustrada, segurando em suas mãos, delicadamente: o menino busca seus olhos. Quando caem as lágrimas, ele pega o paninho que está sempre por perto e passa no rosto da mulher, que imagina todos os sorrisos do mundo, gargalhadas e conversas com o filho: falam sobre o que fizeram ao longo do dia, o que leram, sobre as pessoas que encontraram, ele pede para que ela pare de chorar um pouquinho, mamãe, por favor, ela sorri e diz que isso já vai passar e ele retribui o sorriso e fala que a ama e que nada seria sem ela por perto e ela o abraça, e os dois permanecem conversando em silêncio.

O ângulo que a sombra da porta do armário desenha revela uma imagem múltipla que se reflete no chão ao lado de seu pé. Calcula a incidência e a necessidade de luz para que as portas sejam vistas todas da mesma forma. Um conjunto de retângulos em 3D que seguem o mesmo ritmo de movimento. Pedro faz todos os cálculos e pode até perceber que já tem o padrão de que precisa. Dessa forma, ao fechar os olhos, tudo se organiza em sua memória.

Entre um bater de cabeça e outro, apenas o ar que é inspirado com bastante dificuldade. Assim não incomoda ninguém? Alguns irritam-se apenas com a presença de outros. Estar ali ao seu lado, sem ter que abrir a boca para nada, sem levantar o rosto para encará-lo, sem procurar seus olhos: nada. Apenas sentindo o calor de um corpo que não se inquieta, que mexe de um lado para o outro, falando sons sem conexão com o que está acontecendo. São momentos diferentes: as realidades existem apenas em nossos juízos e são variáveis, nunca absolutas, indefiníveis. Sempre uma questão de percepção. Como assim fora do lugar? A cama continua no mesmíssimo lugar de sempre, explica a mulher. Desculpe, não quis dizer que você está modificando algo, apenas te mostro que não é no mesmo lugar, mas quem pode adivinhar, não é mesmo?, responde a mãe. Apenas ela, a mãe, uma única pessoa que pode passear pela realidade do filho. Como esse senhor parado atrás de nós pode entender?, pensava a mãe. Assim, o ir e vir do corpo de Pedro sentado na fileira "L" do Teatro Guaíra impede o espectador da fileira "M" de ver os atores, de acompanhar a ação. Impede? Entre um vão e outro, não consegue perceber nada? Entre o silêncio e o som, senhor, por favor, não entende que a pausa também é música? 4' 33''. Explica a mãe, sempre com o repertório repetido, como fosse parte do que deixou para o filho. Por que ele faz barulho tão alto quando respira, pai? O que ele está fazendo encostado na parede desse jeito, tio? Eu acho que o Pedro está se masturbando aqui atrás de mim, dizia a menina. Não seja boba, ele está fazendo cálculos, não percebe?

A professora chamou a mãe para uma reunião: todos os cálculos antes que eu explicasse, senhora, do começo ao fim e de várias formas possíveis, nem eu sabia o caminho que ele estava escolhendo, me mostrou vários números e concluiu todos os problemas do livro em questão de poucas horas. A senhora também é professora de matemática? Agora ele me ajuda em todas as aulas. Todas as crianças querem aprender com ele.

Depois de colocar todas as portas exatamente no ângulo em que deveriam estar, Pedro puxa o ar para dentro, prende a respiração, inverte a cor dos olhos, aperta o braço esquerdo com as unhas da mão direita, troca o lado, arranha o começo das costas e o final do pescoço, grita. Tinham medo? Estavam assustados? Curiosos? Não se sabe, mas alguém disse que era preciso chamar a moça da recepção. Outro afirmou que sua mãe sempre o trazia, ou o pai. Teríamos que chamar alguém. Você pode falar para o professor? Acho que ele tem aulas com a Joana. Ou com o Maurício, não sei. Gente, é o Pedro, eu nado com ele. Pedro, o que aconteceu? Rapidamente não estava mais aqui quem falou. As toalhas já guardadas, as bolsas fechadas e alguém teria que cuidar do Pedro, não pode ficar sozinho aqui. Todas as portas batidas, uma por uma em cadência difícil de se repetir. A mesma força exercida em cada empurrão. Não se atreva. Ele vai acertar sua cara. Não, meu amigo, o Pedro não vai acertar sua cara, nem a minha, mas alguém precisa segurá-lo para ele não acertar a própria cara. A vontade era de arrancar os cabelos de uma vez por todas, só com a força da unha. Rasgando. E seguia fazendo os cálculos que deveriam ficar prontos para que quando as portas batessem nos armários, pudessem voltar de onde tinham saído. E se acaso não estivessem no mesmo ponto de antes, colocá-las ordenadamente. Desorganizar o planejado. Todas as toalhas de papel, uma por uma, ritmicamente, no chão, colocadas na parede, no teto, em seu rosto. Correndo de lá para cá, parado em frente ao espelho. Alguém realmente precisa chamar sua mãe. Já chamou a moça da recepção? Ele vem sempre com uma senhora, deve estar lá fora. Em um impulso instantâneo, Pedro cambaleou em direção aos chuveiros: abriu todas as torneiras – água quente, água fria – batendo com as mãos abertas nas portas de vidro, imitando o alarme dos caminhões de bombeiro.

Acho que ele tinha um cisco no olho. Saiu correndo pela quadra sem olhar para trás, esbarrou em algumas pessoas que estavam no meio do caminho e correu para o bebedouro gritando a nota "Lá": jogava água em seu rosto, como quisesse apagar um incêndio fora de controle.

A mãe pediu licença para entrar no vestiário e o encontrou prestes a quebrar uma das portas de vidro. Sem olhar para ela, ele a percebeu indo em direção aos chuveiros para desligá-los e resolver sentar-se no banco logo atrás. Colocou os braços e a cabeça entre as pernas indo e vindo com o corpo, repetindo esse movimento como estivesse em uma cadeira de balanço. Esfregava nervosamente as mãos uma na outra, assim como se faz para acender uma fogueira no inverno. Acariciando as mãos de Pedro, chega-se aos seus olhos, assim faz sua mãe, calmamente.

E olha como ele entra no ginásio de natação, tímido, com seu roupão do Homem Aranha, procurando a raia adequada junto aos outros competidores, todos mais ou menos da mesma idade, com os mesmos braços desproporcionais, pernas longas e ombros largos dos treinamentos. Antes de subir no trampolim da raia 4, Pedro ajusta a touca de silicone com as duas mãos, cuidando para não estalar e nem apertar as orelhas, e a veste em sua cabeça, dá dois tapas de leve na nuca para não se esquecer de que está vivo e coloca os óculos no rosto. Com o canto dos olhos, busca seus adversários nas raias paralelas e mostra confiança. Ao menos assim o vê sua mãe: seus olhos brilham quando percebe o filho prestes a pular e sair voando em busca de mais uma medalha. Uma prova rápida, 50 metros, sem tempo para piscar, apenas seguir adiante, olhar para o azulejo, fechar os olhos, puxar o ar no fundo do pulmão, sabendo que não poderá respirar durante a prova, e buscar a borda do outro lado, 50 metros apenas. Rápido, Pedro, encoste os dedos na borda, segure para não cair e espere eu contar até cinco, está bem?, diz a professora Joana, assim que Pedro pula na piscina. Ela pega alguns itens em uma caixa cheia de brinquedos aquáticos: um patinho de borracha, uma estrela-marinha, duas bolas e um anel bem pequeninho. Agora vou jogar cinco objetos em algum lugar da piscina, você tem que encontrá-los e me entregar de volta. Sorri a professora para o Pedro, feliz, que concorda batendo uma das mãos na água, fazendo uma bagunça que ele adora sempre que está na aula de natação. Sua mãe viu quando ele encostou flutuando na borda do outro lado da piscina: foi o primeiro! Chegou na frente de todos os outros! Grita ela, sem perceber que estava atrapalhando a aula de hidroginástica ao lado de onde estava o filho, bem no momento em que a professora arremessa para o alto os cinco objetos que caem espalhados por toda a raia e, lentamente, deslizam pela água e pela luz refletindo as cores do arco-íris, como em um prisma, que chegam até a superfície.

Pois assim, mergulha Pedro para buscar o que está parado no fundo da piscina.

Bip

Sim. É uma dor física. Mas não dessas que quando se sente, basta tomar um remédio que passa. É ainda maior do que aquele grito escuro e seco que se dá quando uma faca passa de um lado para o outro nos rins, deixando-nos caídos aos pés da cama, retorcidos como um caramujo que se protege dos inimigos escondidos pelos cantos. Não, de forma alguma, não é só isso. A dor é outra. É algo que te aperta o crânio por todos os lados, empurra para baixo e te faz o menor de todos os seres. Deseja sumir, fechar os olhos e acordar outra pessoa, em outro canto do mundo, usar uma cor falsa na barba, deixar o cabelo crescer. Colocar as mãos escuras abertas tapando os olhos. Desaparecer.

A cada gota de soro que cai, um pequeno sonido agudo, curto e rápido. Do outro lado da linha, ela respira. Ainda. Eu sinto que sim. Seguro minha respiração, fecho os ouvidos com ar e tento deixá-los trancados, surdos, sem espaço para soar esses pequenos gritos.

Mas não é apenas uma dor física. Ambição? Descontrole? Ou apenas essa condição que me coloca no canto da sala enquanto todos os outros homens (ou a maioria deles) ficam girando no centro, cada um com seu copo de Whisky na mão, olhando uns para os outros, imaginando seduções, toques e histórias escritas, lado a lado, deitados debaixo da mesma coberta, trançando os pés uns nos outros, até não saberem mais de quem é o pé que está para fora do lençol. Aí vêm os filhos, vêm os outros dançarinos que estavam ciscando ao redor, outros filhos, outras cidades – quem sabe? –, empregos cada vez mais simples, para que o tempo exista de forma bem sutil e que não tenha que pensar muito: de casa para o trabalho, do trabalho para o bar, do bar para casa, mais um filho, mais uns quilos, mais um bar. Enquanto isso, eu continuo sentado entre a parede da esquerda e a da direita. Será que não dá para entender que ali fico com minha solidão e assim está tudo bem? Pois sim, está tudo bem, repito. Mas é claro que às vezes flertava também com o centro da sala. Não sou assim, tão radical. Acredito. Uma espécie de Harry, o Steppenwolf de Hesse, que teve que aprender – na marra? – como dançar e depois saiu rodopiando com todas as mulheres e homens que encontrava pelo salão? Deixa Mozart de lado e sapateia ao som do Jazz, improvisando na melodia aquilo que lhe dá na telha. Assim me sinto em algumas ocasiões: obrigado a aprender a dançar e a tocar Jazz. Se eu realmente quero balançar o esqueleto ou não, aí já é uma outra questão. Ambição. Talvez seja isso. Essa dor, que é física, mas não apenas, foi causada (e ainda o é) pela ambição de um dia ser o lobo da estepe e não o maior dançarino dessa cidade! Deve ser isso.

Mas alguém já me falou em indiferença. Muito pior que ambição. Você é indiferente com o que está acontecendo diante dos seus olhos, me disseram talvez na frente do espelho, em uma dessas noites de insônia em que rolamos para todos os infinitos cantos da cama, longa, e ainda caímos do outro lado com o braço para baixo, fraturando a segunda vértebra e ficando para sempre sentado em uma cadeira de rodas. Isso acontece. Nunca caiu? Já fez xixi na cama? Assim me perguntavam os amiguinhos quando eu tinha, sei lá, 8 anos (?), talvez. Claro que nunca fiz, dizia, todo adulto. E assim corria para o canto

52

da parede novamente e ficava até bater o sinal. Esquisito esse aí, diziam. Eu ouvia. Mas isso não é indiferença, posso afirmar. A indiferença pressupõe uma situação em que para mim tanto faz, como tanto fez. Se aquele ali quer dançar ou não, se aquela outra quer parir ou não, dormir ou acordar, pular da rocha mais alta do parque nacional que fica a 120km daqui ou ir caminhando pela encosta de lama, o que quer que seja. Mas isso em mim não é verdade: eu me importo sim. Juro por todos os santos de todas as religiões de todos os cantos desses mundos todos que existem pelos universos que sou diferente. Não indiferente. Entende? Eu simplesmente escolho um dos lados e não fico de costas para ela, a pequena. Continuo lembrando de suas mãos delicadas de recém-nascida, o cheiro de bebê que ficava pela casa, misturado com o café que minha mulher passava todos os dias pela manhã, do macacãozinho menor a cada virada de semana, do sapatinho que quase tocava os joelhos. Ainda sinto seus pezinhos batendo em meu peito quando tentava trocar suas fraldas, puxando de um lado para o outro, limpando com o papel umedecido o que vinha descontroladamente para todos os lados. E ríamos assim de nossa criação, da parte de dentro de nós dois. Queria viver para todo e sempre com vocês naquele quarto, naquela sala. Sentar-me à mesa todos os dias para falarmos sobre como ela estava ficando grande e já sabia andar e falar com uma fluidez incrível pela idade, apontar as notícias nos jornais e discutir sobre a decência (ou não) da política atual, da literatura, da música, dormir sufocado de alegria entre os cabelos enroladinhos de nossa filha, que suspirava a cada duas horas, quando acordávamos assustados como se ela estivesse nos chamando, mas era apenas para se virar de lado. Imaginar o dia em que fosse sozinha para a escola pela primeira vez, acordando cedinho, ainda escuro, com o casaco de frio reluzindo o amarelo – que indica segurança para os carros saberem que tinha alguém andando pelas ruas, talvez de bicicleta. Até o dia em que iria escolher para qual escola iria no Ensino Médio e o que faria depois de adulta: seria acrobata de um circo ucraniano, ficaria com a maçã na cabeça para que o arqueiro pudesse cortar a fruta em duas partes iguais? Ou então, quem sabe, atriz de teatro mambembe, daqueles que passam em todas as pequenas cidades do interior, mostrando que todos nós somos indiscutivelmente Hamlet ou Ofélia? Ou ainda talvez uma cigana com dentes de ouro e olhos de vidro lendo a sorte das pessoas na praça central? Depois visitaria os pais, que já caminham lentamente com seus andadores de madeira, sem enxergar as letras gravadas nos livros que leem e, por isso, inventam suas próprias histórias.

Eu não era indiferente! Por favor, acredite no que estou dizendo. Não me virei de costas assim como elas pensam. Apenas escolhi (ou não tive outra opção) descer na estação mais distante possível, caminhar por uma trilha de seis dias pela via que os romanos abriram há mais de 2 mil anos, correr para lavar o rosto no pequeno lago gelado atrás da montanha, entre uma pedra e outra, escalar sem cordas até o cume para, então, chegar à uma solidão necessária, a um absoluto silêncio ininterrupto de liberdade. Respirar sem a obrigação de explicar por que precisei fazê-lo. Isso não é indiferença, repito. Ambição, talvez. Uma necessidade, sem dúvida. Embora, por outro lado, tentei continuar de frente para essa menina que chegou depois da dança, mas não pude sentir seus olhos molhados quando fechei a porta de casa.

Talvez aí tenha sido minha culpa. Mas ao mesmo tempo, como me sentir assim se até mesmo eu, o maior interessado nessa história toda, de nada sabia? Como adivinhar as consequências? Medi-las? Apenas fechei os olhos, encolhi a barriga e passei pela fechadura. Escuto sua voz vinda pelo outro lado da linha. Sente saudades de alguém que mal conheceu. Talvez ainda sinta o quanto eu a abraçava desde pequenina, o quanto eu conversava com ela enquanto mamava deitada no berço, olhando para os meus olhos parecendo prestar toda a atenção do mundo, até que quando acabava de tomar seu leite, virava-se de lado e dormia, o sono dos justos. Acordava e lá estava seu papai expulsando o chato do pernilongo que insistia em ficar pousando na tela de seu berço. Arrumava os brinquedinhos que faziam barulho, um por um, colocados perto de seus braços. A melodia soava como uma pequena sinfonia cacofônica, mas já acariciava seus ouvidos. Você escuta música clássica, minha filha?, quis perguntar. Naturalmente, meu pai. Incrustada em minha pele, sabe? Guardada para todo e sempre. Minha filha, assim que eu puder, vou te visitar. Eu sempre quis dizer isso para ela. Mas nunca desci o rio para encontrá-la. Eu já não existo: enterrado embaixo da árvore no quintal da casa antiga, perto do bosque, onde ninguém vai. Não trocamos nenhuma palavra, apenas a respiração sufocada, acelerada que vinha de lá e, angustiada, que saía de cá.

E essa dor que corta a cada gota que cai do medidor. Esse maldito sonido agudo, surdo do outro lado da linha. Mas ainda assim não consigo abrir a porta, chamar um táxi e pegar o avião. Não existe retorno. As passagens estão esgotadas e não tenho forças para esse reencontro. Tive ambição: mas não a ambição de crescer, de ter o mundo, de tomar as pessoas por assalto e se tornar o maior corredor da história. Minha ambição foi a de ser a própria solidão, apenas ela, nada mais: Steppenwolf em seu estado mais puro e latente. Talvez morar no mesmo sítio em que morava Hesse, perto do lago, ou em uma dessas ruazinhas que cruzam os Alpes, pelo mesmo caminho em que estão nossas ruínas. Mas não cheguei tão longe. Está certo que vim parar do outro lado do oceano, debaixo da cama, mas ainda assim construí outra realidade. 30 anos, todos os dias sentado na mesma praça que levava as pessoas às partes altas da cidade, passando por mim como se levitassem, até voltarem, no fim de tarde, para os pés dessas mesmas ruas. A minha ambição era essa: como uma gangorra, passar os dias entre altos e baixos, sem sair do lugar, ou seja, nunca estar no centro da sala aprendendo a dançar com todos os convidados. Necessitava ficar parado na frente dessa mesma água que passa pela sala de estar e de lá nunca mais sair. Nem para passear.

Você foi egoísta, dizia a pessoa do outro lado do espelho. Por querer a solidão? Por ser (in)diferente? Por ter ambição (ou por não a ter demasiado)? Por me sentir culpado e querer vomitar escutando o lixo desse sonido agudo e seco do outro lado da linha? Ou por achar que não existe culpa? Nada disso.

Alguém me disse que uma mulher tinha me ligado. Falava português com um sotaque engraçado, senhor. Precisava urgente falar. Antes havia ligado para uma pessoa, que comentou sobre uma outra, que encontrou então essa terceira, depois um outro contato e, enfim, tocou o telefone e era ela procurando pelo senhor, desculpe a pressa.

Uma pluma: assim imaginei como estaria minha filha deitada na cama desse hospital. Não queria essa imagem, então troquei-

-a por alguns compassos de Bach. Mas só o que me vinham eram notas que ultrapassavam a parte superior da pauta musical. Altas, muito agudas. Tentava tapar os ouvidos com os dedos para não ter que sentir essa passagem musical desafinada. Com os olhos fechados, apenas ouvindo a mãe de minha filha explicar o que havia acontecido e como me encontrou, não queria fingir, já imerso na lama de uma provável culpa que me empurrava para alto mar. A dor, essa pequena faísca que insiste em querer virar fogo, todos os dias de minha vida. Uma pluma, novamente. Sem peso algum, sem rosto, sem cor. O que eu ainda tinha era a fotografia de um bebê estampado em minha memória, em meu corpo, mesmo depois de 30 anos. Essa moça deitada na cama, sem movimentos, sem forças para se virar de lado, sem conseguir dizer seu nome, era meu bebê, engatinhando pelo jardim, brincando com um pequeno ouriço que aparecia de vez em quando por ali, era nossa filha que me tirava do lugar-incomum e me colocava ordinariamente sentado no chão para brincar enquanto durava sua energia (que parecia nunca acabar). Mas agora sem direito a perguntas, dizia a mulher: nenhuma sequer. Absolutamente não. Apenas escute. Eu apenas liguei porque ela pediu, uma última vez. Apenas não pergunte nada, nem para mim, nem para ela. Simplesmente desistiu, de alguma forma, por alguma razão. Nada mais. Ponto final. Também não te pergunto nada, você é fruto de uma imaginação infantil: existe apenas nos livros dos irmãos Grimm.

Alguém deixou a janela do quarto aberta e está entrando um vento gelado que passa perto de sua cama e a faz levitar de tão leve, o corpo balança no ar, retorce o quadril como dançasse uma valsa, calma, 3 por 4, 3 por 4, 3 por 4 e a sacode levemente, fazendo com que os cabelos deslizassem pelos braços até encostar no lençol, puxando-a para baixo. Magra, sem comer há alguns dias, colocando tudo para fora por horas, semanas, anos. Escondida dela mesma, atrás do box do banheiro para que ninguém pudesse ver, e cada dia existia menos. Agora sem vento, sem valsa, sem falar, apenas o bip do marcador cardíaco e os pingos do conta-gotas soando pelo telefone até o outro lado do mundo. A língua para fora, olha para cima, coloca o dedo até o fundo da garganta, sabe a campainha? Encosta na goela, entala. Os olhos revirados até expelir.

Ainda segurando o telefone no ouvido, me volto ao piano: basta apertar a tecla vermelha que indica que tudo está sendo gravado para que as mãos, superaquecidas, começassem a suar, suar, esfriando-se drasticamente até começarem a tremer. Escorregando e sem segurança alguma, os dedos não param nas teclas corretas – brancas ou pretas – e trocam os passos uns com os outros. Tento dar o comando para a mão direita soar a melodia e a esquerda o baixo, mas só o que consigo é deitá-los todos ao mesmo tempo sobre diversas teclas desconexas. É preciso me ausentar, esquecer de que o *rec.* foi acionado e simplesmente não estar naquela sala, sair da frente do instrumento para que, olhando de cima para baixo, possa tocar as notas, uma depois da outra, uma junto à outra. Posso saber como soa a música apenas olhando para as notas desenhadas no papel, não preciso do som. Sei do que se trata. Talvez apenas um sopro, nada mais, já basta para que eu comece e termine uma canção. Mas é preciso a solidão.

Bato na primeira tecla branca que tenho à minha frente, aleatoriamente, entro em compasso com o bip que acompanha o batimento cardíaco do outro lado da linha: a mesma nota, com a mesma duração de tempo, a mesma intensidade: filha, vamos ver quem consegue ficar mais tempo mantendo o ritmo?

Esconde-esconde

(Para minha amiga Tálita Barão)

Ela aperta os bicos dos seios com força contra o espelho. Dói crescer. Com os dedos sem jeito, ela torce uma vez, duas vezes até começarem a sangrar, os dois ao mesmo tempo. O do lado direito parece mais saliente e, por isso, ela se detém com mais força. Talvez tenha gritado muito, mas nada se escuta. A boca faz o movimento do som que ecoa surdo pelo quarto trancado. Em um movimento brusco, tira a calcinha que cai para debaixo da cama e puxa os pelos que começam a nascer: um por um, vai colocando na boca. Com desgosto, cospe-os para cima e começa a brincar com o ar que sai dos lábios. Cada bufada, um pulinho em volta da perna direita, como viu as crianças brincando no parquinho da praça ao lado de casa. Joga uma pedrinha na primeira casa e tenta saltar por cima desse quadrado para atingir o próximo. Volta o corpo para baixo, evitando tirar a perna do lugar e, apoiada com uma das mãos, pega-a novamente para atirar mais à frente. Os dedos retraídos só atrapalham na hora de segurar a pedrinha, por isso tenta colocá-la na palma da mão. Fecha os olhos imaginando estar com as unhas estiradas e risca o céu como estivesse vencendo um obstáculo quase impossível.

Mas com a janela fechada, as cortinas estendidas, o quarto escuro e em silêncio, ela não está mais com as crianças na praça, continua puxando os pelinhos ralos que nascem por baixo. Só para quando o sangue, que escorre dos bicos dos seios, atinge o dedo do pé. Ela se assusta e começa a correr em círculos ao redor de sua cama, mancando de uma perna, a esquerda, até se derramar em suor e cair no tapetinho ao lado das pantufas. Escolheu as mais coloridas que tinha na loja, umas mais chamativas que as outras: orelhas de cachorro, focinhos de gato, corpo de camundongo, pele de vaca e asas de passarinho. As pantufas do meio eram as únicas que conseguia ver entre todas, já apontando com a testa franzida, porém ninguém nunca disse a ela como é a cor que vê. Poderia ser amarela, azul, branca, mas a única que sabia dizer com as dobras do rosto era a colorida: todas as cores misturadas. E ela a chamava de vermelha. Assim como a cor do céu, do mar, dos carros que cruzam a rua antes de virar à esquerda e chegar em sua casa, a cor dos vestidos de sua mãe, do sangue que continua escorrendo por sua barriga. O vulto que a assustava no escuro de seu quarto era vermelho também. Esconde-se embaixo da cama e fecha os olhos.

No dia em que as crianças da praça a convidaram para brincar de esconde-esconde, ela aprendeu a contar. Alguém segurou seu braço para cima, ajeitou o rosto contra uma árvore e o soltou fazendo sombra contra a parede. Poderia ficar nessa posição para sempre, sem se mexer, até dormiria desse jeito. Mas seu pai tinha que ficar ao lado segurando sua mão. Agora era só fazer como os personagens de seus desenhos favoritos, um número depois do outro: conte até o infinito e depois pode olhar. Minutos, horas, dias contando sem parar, sem ao menos se proteger da chuva ou do sol que fazia naqueles dias. Para não se perder, poderia dar voltas ao redor da árvore, cada volta era como se tivesse contado até mil, uma árvore bem grossa, que não se podia abraçar. O pai rodava com ela, ajudando para que não tropeçasse nas raízes. Ficaram tontos de tanto girar e ela logo se apoiou nas madeiras embaixo da cama. As unhas grandes – não deixava ninguém encostar, era como se perdesse a força se as cortassem – arranhavam pelos vãos da cama rasgando o colchão, tirando a espuma de dentro. Aprendeu com o gatinho que vivia na janela da sala lambendo as patas até perder todos os pelos.

Por alguns segundos, ela se pergunta como chegou até ali. Por que doía tanto quando passava os dedos nos bicos dos seios e por que tantos pedaços de espuma em cima de seu corpo. Como se acordasse de um sonho que não sonhou, sentisse uma rajada de vento que invadia o quarto por debaixo da porta ou desse uma bofetada nela mesma quando, teimosa, deixava a boca fechada durante as refeições.

Depois de contar até perto do infinito, ela abriu os olhos e pôde ver a cor vermelha do céu, sem nenhuma nuvem que pudesse atrapalhar, o vento tinha parado e o calor era forte. Entre os galhos da árvore ao lado, conseguiu perceber que estava rodeada pelas outras crianças. Não preciso nem sair correndo para encontrá-las, pensou, não era o que tinha que fazer depois de contar até nunca mais acabar? Seu pai continuava segurando sua mão? Ela o procurou entre os rostos desconhecidos e não o viu. Uma falava com a outra. Não conseguia entender sobre o que discutiam, apenas olhava o vermelho e procurava pelo pai. Os bicos dos seios latejam por dentro de sua camiseta e lá embaixo arde, como tivesse passado uma faca por cima. Dói crescer. Alguém tenta levantar sua cabeça e virá-la para o lado, mas o corpo está duro feito pedra, ainda parada. Todas as crianças estão vestidas com roupas coloridas, seu vermelho. Dessa forma, encosta o queixo contra o peito a fim de olhar para seus pés, descalços. Procura pelas pantufas que estavam em cima do tapetinho ao lado da cama, mas não as encontra: talvez o gatinho as tenha levado para a janela onde fica lambendo as patas.

Escuta seu pai conversando com os outros adultos na sala. Pode ser que tenha ficado aberta, era tão alto, voou para baixo, caiu por cima da marquise e chegou ao chão como estrela. Foi morar no céu. Vermelho. Mamãe virou anjinho da guarda, minha filha, os dois: ela e o gatinho.

Nenhuma palavra. Apenas o vácuo. Não escutava o que as crianças diziam naquela praça, ela deitada na grama, agora de ponta cabeça, já que conseguiram mexer seu corpo para baixo. Será que também tinha virado anjinho da guarda naquele momento, pensou. Mas ainda sentia os bicos dos seios palpitando, simplesmente deitada debaixo da cama, com medo de crescer.

Quando a porta do metrô se fechou, ela voltou para dentro do quarto escuro, com a porta trancada, debaixo da cama e arranhando o colchão até despedaçá-lo, esparramando espumas pelo chão, como fazia o gatinho naquele último dia em que o viu em cima da janela. Ainda pôde puxar o braço de seu pai com as unhas cumpridas, em um esforço para não o deixar entrar. Ele virou-se para tentar segurá-la, mas a porta era mais pesada do que imaginava e não a conseguiu abrir. Soltou o corpo para baixo e só conseguiu soprar um pouco de vento. Uma a uma, as crianças foram deixando a praça, lentamente, como se não pudessem fazer mais nada. Contou até o infinito e nem teve que sair correndo para encontrá-las escondidas nos buracos. Alguém deixou a janela aberta e entrava uma corrente de vento que passava pelo corredor até chegar em seu quarto, escutava os adultos conversando na sala sobre o anjo que voou para baixo e foi parar no céu, junto ao gatinho. Tateava o tapetinho ao lado da cama para tentar encontrar as pantufas.

A estação estava vazia. O vulto do trem passava pelo canto de seus olhos exalando um cheiro vermelho. A mesma cor do céu para onde seu pai dizia que sua mãe tinha caído. Fazia frio dentro daquele vestido que usava. Dói crescer. O mesmo movimento que ensaiava de frente ao espelho, apertando os bicos dos seios até sangrarem, laceava os lábios sem soltar a voz, apenas vento. Começou a girar ao redor do próprio corpo, mancando com a perna esquerda, queria encontrar pedrinhas para poder jogar no primeiro quadrado e tentar pular até atingir a outra casinha: chegar ao céu. Mas não tinha ninguém para brincar com ela, precisava segurar na mão do pai para se sentir. Fechou os olhos e começou a contar até o infinito para ver se depois poderia encontrar a todos escondidos nos buracos, mas no metrô não tinha árvores onde pudesse se apoiar. Foi até à parede de concreto e tentou começar o esconde-esconde, mas era gelada. E se o pai estivesse contando até o infinito ele mesmo? Pensou. Então tinha que se esconder para ser encontrada. Tentou ficar parada embaixo dos bancos em frente aos trilhos, porém muito apertados, ficava com metade do corpo para fora. O melhor seria andar para aquela direção, mas teria que descer por onde passa o trem. Tinha medo de altura. Nunca mais pôde ficar na janela onde o gato lambia as patas. Passava pelo outro lado para chegar ao seu quarto, sempre colada à parede, com as mãos apoiadas para não cair.

Ela virou-se de bruços para se limpar dos pedaços de espuma que caíram do colchão e foi deslizando até o meio do quarto. As chaves da porta escondidas dentro de uma caixinha de música, embaixo das roupas da última gaveta. Ainda no escuro, girou o trinco. Mas no metrô não tinha trinco. Quem fechou a porta do trem?, pensou. Porém não sabia como chegaram ali. Talvez por aquelas escadas, mas não se lembra de ter passado por elas. Quando percebeu, já estava sozinha. Possivelmente não tenha notado, mas contou tantos números que se esqueceu que ainda estava na praça, sem árvores. Deveria começar a procurar pelas crianças nos buracos. Concentra-se tentando se lembrar dos rostos de cada uma delas, mas é ofuscada pela luz vermelha que viu quando abriu os olhos.

A corrente de ar que passava pelo corredor de sua casa começa a soprar no metrô. Um barulho que a faz lembrar-se de seu pai tentando segurá-la. Chora de dor quando passa as mãos pelos seios. Grito surdo. Os cabelos escondem as dobras de sua testa quando percebe que o trem ainda estava parado na estação. Correu até a porta mais próxima. Pode ser que não seja o mesmo trem, porque de dentro não sai ninguém tentando segurá-la para que a porta não se feche. Ela bate a perna esquerda, manca, no chão, tentando entender por que ele não está ali para chamá-la e pegar sua mão. Tem certeza de que, quando saiu de casa, a janela estava fechada, olhou de longe, quase agarrada nas paredes. Só não sabe se foi hoje, ontem ou muito tempo atrás. Ou ainda amanhã.

Não dizia nada. Apenas olhava para baixo. Essa mulher aproximou-se curiosa tentando entender o que fazia sozinha. Olhou para os lados e não tinha mais ninguém. Falava a mesma língua que as crianças da praça, sem poder entender o que saía de sua boca. Vento apenas. Será que ela me encontrou?, pensou ela. Mas eu nem tive tempo de me esconder, vamos novamente, conte até o infinito e, quem sabe, eu consiga correr para aquela direção e entre em algum buraco, assim você não vai me achar. Ou sou eu quem te encontrou, duvida a menina. Onde você colocou minhas pantufas? Faz frio, quis dizer. Mas tem que andar da mesma forma, manca de uma perna, com os braços retorcidos da dor nos bicos dos seios, pingando sangue de tanto apertá-los. Sorria porque estava correndo na praça novamente, brincando de pega-pega como todas as outras crianças. O pai deve estar sentado atrás de alguma dessas árvores e logo aparecerá. As duas saíram de mãos dadas pela estação vazia, passaram pelos bancos onde ela tentou se esconder, rodearam a parede de cimento que ficava atrás dos bancos, desviaram-se das placas com informações sobre a cidade e chegaram ao primeiro degrau da escadaria de saída. A menina parou de supetão e puxou a mão para trás. Só conseguia subir se fosse passo por passo, segurando no corrimão, assim aprendeu com o pai. Concentrada, mostrou para essa mulher como deveria fazer.

Aos poucos, já pôde ver as crianças no alto da escadaria esperando por ela, chamando-a e pedindo para ir mais rápido. Na euforia, esqueceu-se da perna esquerda, manca, e subiu como faziam os adultos, queriam brincar de pega-pega, então tinha que correr. E correu tanto, que nem percebeu que já estava na praça ao lado de sua casa. Com os braços levantados, girava em torno de seu corpo, como fazia em seu quarto. Olhava para o vermelho do céu e procurava por todos ao redor. Não sabia se tinha que fugir ou pegar, apenas rodopiava como fazia a bailarina na sua caixinha de música. Ouvia a mesma música enquanto dançava. Contou todos os números que sabia, até o infinito que durou minutos, horas, dias.

Quando não viu mais ninguém ao seu redor, decidiu-se que tinha que achar um lugar para se esconder. Com uma pedrinha que achou ao lado da rua, começou a desenhar alguns quadrados. Jogou-a na terceira casinha e pulou até lá. Desviou-se das linhas que marcavam o espaço e impulsionou o corpo para frente. Aprendeu com o gato que ficava na janela lambendo as patas: deveria cavar a terra até conseguir entrar por baixo.

Agora era só esperar que alguém a encontrasse, talvez alguma das crianças, essa mulher ou seu pai que a levaria para casa, daria banho e faria aviãozinho com a comida antes que pudesse fazê-la dormir.

Gangorra

(Para minha amiga Ursula Schmid)

> Ça ne rapproche pas, le téléphone,
> ça confirme les distances
> (Simone de Beauvoir, **La Femme Rompue**, 1967)

Mas ele morreu de novo?, perguntou Marie, impulsionada pela surpresa. Há tempos que não pensava em seu pai. Do outro lado da linha, sua mãe em silêncio, talvez já sabendo que essa seria a única frase possível. Como culpá-la pela reação abrupta e quase irônica que ouviu da filha? A resposta parecia vir como uma gargalhada estrondosa, dessas que aliviam o espírito, mas não tem certeza, ninguém ri quando morre o pai. As risadas devem ter vindo da sala de baixo, onde todas estão assistindo a um filme de comédia italiana, enroladas debaixo do cobertor – o aquecedor estava no reparo por esses dias, ou sempre. Alguém a chama para ver a cena em que os palhaços de uma companhia circense estacionam a carroça em um vilarejo e começam a envolver as pessoas dizendo que tinham a solução para todos os problemas da humanidade: vamos pintar o rosto de todos vocês, assim ninguém mais será a mesma pessoa e podemos subir nesse cavalo para irmos às próximas cidades até passarmos pelo mar e começarmos a nadar ao nunca mais, explica o palhaço mais velho. Por que você tem o desenho de uma lágrima escorrendo debaixo dos olhos?, pergunta uma menina curiosa, a única que ainda não havia começado a colorir a cara. Para me lembrar da dor, minha filha, dizia ele, colocando as mãos por trás dos cabelos da menina e tirando dali uma moeda de alguns centavos. Admirados, eram convencidos da mágica que sabiam fazer. As mulheres enroladas debaixo da coberta balbuciam que seria tão bom se essa companhia circense passasse pelo vilarejo delas. Novamente?, repete Marie. Ele morreu quando saíram de casa para morarem debaixo de um colchão velho que cheirava azedo, espaço para as três filhas e para a mãe que chorava encostada na parede gelada pelo inverno, morreu no dia em que acertou os dedos que ainda tinha na mão direita no meio do rosto da mulher, apontando para as filhas lambuzadas de iogurte no café da manhã, faleceu quando gritou em dialeto que naquela fazenda ninguém mais colocaria os pés, morreu de forma definitiva, quando ainda tonteando pelo aeroporto de Curitiba, abraçaram a tia que foi buscá-las. Porém, de todas as formas de morte, a que Marie mais sentia era quando alguém perguntava para ela: não sei por onde anda, pensava em voz alta, deve estar sentado no mesmo banco de frente para as vacas, olhando como faziam para descer o morro até o pasto crescido pelo verão, ruminando o dia inteiro até subirem lentamente para perto da casa no fim de tarde, para então, no dia seguinte, retornarem, e quando os primeiros flocos de neve chegarem, serão obrigadas a irem ao pasto coberto da fazenda ao lado. Ainda deve estar apontando para cima com o dedo que perdeu na queijaria quando ainda era criança, mostrando o troféu por onde passava, orgulhoso: quando tirei a mão de dentro da máquina que mistura o leite, já não tinha mais esse aqui, ó, dizia para as filhas, que olhavam assustadas, tentando entender onde foi parar o pedaço perdido.

Pois assim me disseram, filha, insistia ao telefone depois de minutos, horas esperando pela respiração do outro lado da linha. O mesmo sorriso de um só lado, como os seus, os olhos caídos para cima arredondados de azul, a pele manchada de branco, como leite, bochechas que ficam vermelhas ao menor esforço de subir uma escada. Como assim morreu? Ele continua nelas, Marie, Anne e Nicole, uma escadinha, de dois em dois anos, mas todas com os cabelos encrespados, com falas engraçadas. Não se morre de uma hora para outra, Marie, dizia sua mãe.

Era para ser apenas durante as férias. Queria conhecer a neve, mas ficou por 15 anos. Casaram-se em uma igreja católica no vilarejo vizinho, já que em sua fazenda não tinha nenhum padre, foram de bicicleta, ela levantando a saia para não escorregar pela terra, ele com a gravata torta, pela primeira vez enrolada no pescoço, não sabiam o idioma um do outro, mas se entendiam pelos olhos, até inventarem palavras. Uma a uma. Mas tinha que deixar o trabalho para ele, apenas. Olharia as vacas subindo e descendo, o leite derramado para se transformar em queijo e iogurte, deixaria a mercadoria nos supermercados da região, ela continuaria fazendo café e bolo para esperá-lo. Nas noites em que ele jogava carteado com os amigos, deveria ficar no quarto de cima, espantando a fumaça do cigarro e catando as expressões que não entendia. Aproveitava para escrever cartas para a antiga casa, iludida, queria dizer que trabalhava como enfermeira em um hospital da capital, deixava a casa cedinho e passava o dia cuidando de doentes que falavam um idioma que não entendia, mas estava aprendendo, confessa, as filhas estão bem, Marie começou a ir para a escolinha sozinha: acorda cedo, pega a jaqueta que reluz no escuro, sobe na bicicleta e desce a ladeira. Passa o dia inteiro estudando e brincando com as amiguinhas. Logo Anne e Nicole vão também. Estão bem, já falam o dialeto sem sotaque, mas ainda confundem com o português. Você precisa ver que coisa mais linda, uma graça, escreve ela, falam com o pai na língua dele e quando não sabem uma palavra, vai em português mesmo. Quando temos um segredo para contar, falamos de um jeito que somente nós nos entendemos, ele fica furioso, bufa de raiva, não aceita que falamos nossa língua em casa, um dia desses chegou até a me dar um tapa na boca quando eu tentava explicar que não havia conseguido terminar o almoço a tempo, porque a Nicole estava com dorzinha de barriga. Nossa, como doeu. Fiquei caladinha depois disso. Mas isso ela não escreve para a irmã. Quando tudo estiver melhor arranjado, vou te convidar para nos visitar, ou então levo as meninas para você conhecê-las. A tia que mora do outro lado do mundo, elas falam. Assim, ela coloca algumas fotografias no envelope, sorrindo para a câmera, e fecha a carta com saliva.

Foi infarto. Quando deram por sua falta, já deitado no chão da cozinha por alguns dias, simples assim. Sinto muito, filha. O mesmo chão em que ficou sentada enquanto a mãe corria para todos os lados, amarrando roupas umas nas outras e colocando tudo em um lençol, formando trouxas para serem carregadas para fora. Marie precisava entreter as irmãs enquanto a mãe organizava para irem embora da fazenda, aproveitando que o pai, morto pela enésima vez, estava olhando para as vacas subindo e descendo a colina ao longo do dia.

Ela ainda conseguiu comer um último pedaço da torta de frutas vermelhas que estava sobre a mesa. Saiu de casa com um pedaço de morango grudado no canto da boca.

Marie derrama um pouco do café em cima da toalha de mesa. Entretida com o cheiro da manhã. Tem a impressão de que passou a noite em claro, sem saber que horas eram. Talvez já no meio da tarde. O corpo dolorido, como se tivesse levado uma surra, encontrada caída no beco de uma rua esquecida, por onde passava todas as manhãs quando saía para correr. Pisca os olhos perdidos com a claridade pelas frestas da cortina. Esfrega a manga do pijama no vidro e vê um pouco da cidade por cima da avenida Silva Jardim. A fumaça que sai da cafeteira italiana insiste em nublar o quarto. Mas ele morreu de novo? Insistia com a pergunta olhando para o espelho do banheiro. A mão direita não tinha o dedo indicador e por isso a marca em sua pele sempre ficava torta. Apontava para cima quando esbravejava, imaginando o pedaço do membro perdido. Ela procura pela falha em seu rosto, a mesma marca que ele tinha embaixo da sobrancelha esquerda, esbranquiçada pela idade, ou pelo rancor? Rancor de quê? Uma vida entre o verde e a neve, esmagado no fundo de um vale, envolvido por montanhas rochosas, duras, como seus sentimentos. Não consegue achar o fio da meada, quando tudo começou, onde queria chegar. Raiva do diferente? Mas então por que escolheu casar-se com sua mãe naquelas férias, atraído pelo desconhecido, quem sabe? Se era para ser assim, então por que começou? Um homem que gostava da solidão acompanhada, desses que são covardes demais para ficarem sozinhos durante a vida, mas que, acompanhados, desprezam quem os acolhe, quem os seguram. Olhando a água escorrendo pelo ralo da pia, Marie sente os braços do pai que nunca a abraçou, mas exala ojeriza, ânsia, quando respira seu hálito encostado ao lado da orelha gelada pelo inverno. Electra adormecida. Ela esconde os cabelos amarelos para trás, amarrando-os em forma de rabo-de-cavalo.

Eu não gosto que puxem meus cachos, por favor, gritava Marie, sem voz, com a garganta inchada de tanta dor, olhando para suas mãos. Todos os dedos caminhando pelos pequenos seios rosados, duas bolinhas. Faltava apenas um deles.

Com a fumaça que sai da xícara de café, desenha uma gangorra.

Escondida das outras crianças, Marie corre por detrás da escola até chegar ao pátio aberto. Olha para todos os lados e, quando tem certeza de que está sozinha, alcança o brinquedo. Senta-se na parte encostada ao chão e impulsiona para ganhar altura. Mas as pernas são curtas, mal consegue sair do lugar. Novamente, com toda a força que tinha. Queria alcançar o céu, olhar para todos os lados por cima. As pernas batem novamente na terra e ganham força para subir. Assim por minutos, horas, dias. Tanto que não percebe quando as outras crianças a cercam para tirá-la de lá e começarem a flutuar. Duas meninas ajeitam-se nas cadeiras e se jogam para cima, como se voassem: uma empurrando a outra, como a vida deveria ser. Quem a julga? Marie queria ser a próxima, mas nunca chegava a sua vez. Você não sabe falar direito, Marie, é engraçada, fica olhando como se faz, dizia uma delas. Sua sem-graça, imaginava Marie, sentada no frio esperando que pudesse brincar junto às amigas. Com os pés, acumula neve, um pequeno monte, com um galho, corta-o em três partes: as pernas, a barriga e a cabeça, dois pequenos furos, a orelha, os braços. O boneco de neve virado de costas para as colegas da escola.

Deitado no chão da mesma cozinha em que Marie ficou sentada com as irmãs olhando as pernas da mãe para todos os lados. Pediu que colocasse a manta de que mais gostava na bolsa. Iriam embora da fazenda. Será que ele caiu virado para o teto ou para as paredes?, pensa Marie. Deveria ter desmaiado do alto da montanha e rolado até superar a margem do rio que passa por trás de casa, assim ficaria irreconhecível e nunca o encontrariam, envergonha-se Marie, tentando disfarçar o desejo. Ajuda a mãe a carregar as trouxas de roupas para dentro do carro escondido na esquina. Anne e Nicole já sentadas no banco de trás, balançando as pernas ansiosas para o passeio. Falam baixo para o pai não escutar, entretido com o pasto nevado. Elas nem olham para trás quando a mãe acelera pela rua inclinada, cruzam o vilarejo como estivessem em uma montanha-russa, borboletas no estômago. O cheiro do colchão lembra o leite azedo de quando é esquecido no fundo de uma xícara por dias, até virar coalhada. O mesmo para as quatro, encolhidas debaixo das cobertas. Essa semana, eles vão consertar a calefação e logo fica mais fácil para dormir, dizia a mulher que cuidava da casa. Muitas famílias no momento, mas assim que alguém for embora, eu consigo mais um colchão para vocês, explica. Talvez os pais delas também fiquem olhando as vacas pastando pelos quintais, falem alto apontando para cima, ou deixem marcas vermelhas pelo corpo, pensa Marie. Cada uma de um tamanho, cor e volume, idiomas diferentes. Juntas, no jardim de dentro da casa, correm gritando palavras que ninguém conhece umas das outras. Apenas pulam, talvez quisessem alcançar o céu também, roubar um pouco das nuvens para guardá-las no bolso, conclui Marie. Pela primeira vez, consegue subir em uma gangorra com outra criança, o dia inteiro subindo e descendo, olhando a casa por cima do muro, tentando apanhar cerejas cada vez que subia mais alto. Não bastam as que estão do lado de cá, as mais saborosas são sempre as que estão do outro lado, fora de alcance. No final da tarde, a mãe faz uma torta e divide com todas as novas amigas. Só não gosta do macarrão com iogurte que uma das mulheres fez no almoço, ou então, feijão branco com açúcar.

Apenas para passar as férias, conhecer a neve, uma diz para a outra, sentadas na sala de frente à televisão. Uma das mulheres propõe que iniciem a dança. Ela pede para as crianças sentarem-se no chão, formando um círculo e levanta a saia. Começa lentamente a bater palmas com as mãos posicionadas na altura do peito, de modo a deslocá-las para o lado. Ela intercala batidas com as palmas abertas e fechadas, soando como se fossem dois instrumentos diferentes que marcam o ritmo. Ao mesmo tempo em que soa o compasso com as mãos, bate os pés no assoalho de madeira formando uma percussão envolvente. Com a cabeça, sinaliza para as outras mulheres e crianças a acompanharem o ritmo com palmas. Outra mulher levanta-se do sofá e posiciona-se ao lado da dançarina que a puxa para perto. Logo mais uma, outra, então todas começam a rodopiar ao tempo da valsa, da polca, da buleria, do samba, do xaxado e do maracatu.

Marie coloca a xícara de café no criado-mudo ao lado da cama e deita-se no tapete do quarto, olhando para o teto. Tenta lembrar-se do dialeto. Uma palavra que seja. Gangorra. Como se diz?, pensa. O som da palavra insiste em não ecoar dentro dela, apenas o vazio surdo da memória. Procura outras possibilidades, como desejava bom dia para o pai? Como dizia que o amava? A violência também é uma forma de comunicação, leu tempos atrás em algum lugar, ou talvez tenha ouvido alguém dizendo em algum canto. 20 anos são capazes de matar as lembranças de uma vida? O idioma que falava era parte da sua identidade, mas desde o dia em que abraçou sua tia no aeroporto em Curitiba, perdeu as chaves desse tempo. Apenas as marcas vermelhas pelo corpo, as mãos sem um dedo queimando a pele, a garganta sempre inflamada de tanto gritar sem dizer nenhum som, as palavras em dialeto que foram sumindo uma a uma, dia a dia, de sua memória, de sua existência. Ele morreu de novo? Quantas mortes ele teve? Ou melhor, quantas mortes elas tiveram? Começa a contá-las e preenche um caderno inteiro com esses momentos. Fecha-o e o arremessa para debaixo da cama.

Antes de desligar o telefone, sua mãe a convida para jantarem juntas em casa, Anne e Nicole virão, vão trazer as crianças, venha você também, minha filha, pediu. Mãe, você pode fazer uma torta de frutas vermelhas como sobremesa?, pergunta Marie.

A maratona

(Para Fabrício Sachet, de quem emprestei a ideia desta história)

> **THE RUNNER**
> *On a flat road runs the well-train'd runner;*
> *He is lean and sinewy, with muscular legs;*
> *He is thinly clothed—he leans forward as he runs,*
> *With lightly closed fists, and arms partially rais'd.*
> (Walt Whitman, **Leaves of Grass**, 1867)

Os olhos fixos no mesmo ponto, deitado de barriga para cima, olhando como as nuvens se embaralham no teto do quarto. Elas se precipitam em pequenas gotículas de chuva, de quando em quando, caindo exatamente no canto esquerdo da boca de Mateus, entre a bochecha e os lábios. Nas nuvens, vê também que as ruas não são asfaltadas, estão esburacadas e rodeadas pela neve suja de barro. Nos canteiros, os pequenos montes formados ajudam a evitar que as bicicletas caiam ribanceira abaixo. Os competidores estão empenhados para chegar ao topo de uma das montanhas, a tour passou pela cidade medieval, entrou em um caminho estreito que os leva a outros povoados – no entanto, falam o mesmo dialeto – encaminhando-se para o início da elevação. Todos pedalando forte, no balanço que os joga para o lado direito e esquerdo quase que ao mesmo tempo. Mateus vê que um dos atletas faz sinal para trás, como quem diz, pode passar, vá você na frente cortando o vento, porque agora cansei um pouco, preciso me poupar. Assim dançam à sua frente, de modo a trocarem de posição, como fazem no nado sincronizado, debaixo da água, com os narizes tapados por uma espécie de pregador. Mateus ri do próprio pensamento, sentindo a barriga fazendo pequenos movimentos líquidos: por volta das seis horas da tarde, uma vitamina de abacate com açúcar refinado sem gelo, leite integral com gordura extra, duas colheres de aveia fina (quase farinha) e uma fatia de pão integral com grãos banhados na manteiga. Senta-se em frente à parede com as pernas para cima. Perto das oito horas, prepara um espaguete de arroz ("sem glúten" escrito no pacote) com molho bolonhês – ou ao sugo, tão ralo de carne moída – e uma pequena taça de vinho tinto uva syrah argentina. Quase nove e meia da noite procura dormir. Sonha com jogadoras de vôlei fazendo bagunça no corredor do hotel, não o deixando pregar os olhos. Imagina suas pernas torneadas, o uniforme quase transparente colado ao corpo, levantando a bola e a cortando no canto da quadra adversária, a maior bagunça ao lado de seu ouvido, elas descobrindo a liberdade-suprimida-impossível, acariciando-se, levando a vida como não houvesse o amanhã. E amanhã, Mateus precisa acordar às cinco horas, lavar o rosto, colocar as meias, a bermuda, calçar os tênis, proteger os mamilos, vestir a camiseta e esquecer-se dessa mesma liberdade-suprimida-impossível que não o deixa dormir. Levanta-se para ir ao banheiro e percebe que ainda nem é uma hora da manhã. Decide abrir a porta e pedir para que parem com essa balbúrdia inconsequente, vocês não sabem que aqui tem um qualquer – que já passou quase três vezes da idade de vocês – querendo dormir? (Sempre que faz algo desse tipo, sente-se um velho, que ainda não é, talvez rabugento, desses como Bukowski sentado em um balcão de bar reclamando até da cor azul dos olhos de Brigitte Bardot, de quem essas meninas muito provavelmente nunca ouviram falar). Esqueceram que existem outras pessoas nesses seus mundinhos de merda? Não fazem mais nada pensando nos outros ao redor, não é verdade? Olham para seus umbigos como se andassem sozinhas pelos paralelepípedos da rua XV em dia de chuva, desviando-se dos buracos para não molharem a barra da calça branca, certo? Como vocês podem fazer isso na minha frente?, grita Mateus, por trás dos meus olhos, ao lado da minha retina transparente que nada percebeu, na nossa própria cama, em cima do lençol 100% *cotton* que compramos em Miramar, para quê? Quando Mateus abriu a porta do quarto, conseguiu perceber os corpos entrelaçados, o espelho embaçado de suor, Barry White e alguns pulos de prazer e dor. Mas não disse nada do que gritou pensando, fez-se de mudo e surdo, invisível, abaixou a cabeça e cortou a íris dos olhos, escondendo o sangue entre as mãos.

Apenas fez cara feia para as jogadoras e pediu que continuassem suas conversas nos quartos, ou na recepção, entendem? Mostrou para elas como se fazia para escutar a conversa dos vizinhos no apartamento ao lado: é como se eu pegasse um copo com uma abertura grande, virasse contra a parede e deitasse os ouvidos no fundo dele, até conseguir ouvir as pessoas pigarreando no meio da sala, dizendo asneiras-achismos como fossem donos da verdade, maridos coçando o saco e soltando flatulências debaixo da coberta junto às esposas e cachorrinhos, entendem, crianças? Não consigo dormir: olhem, deixei tudo organizado aqui ao lado, camiseta, capa de chuva, óculos contra o branco da neve, picolé para escalada, cordas, mais cordas, cadeirinha de segurança, capacete *por si acaso llover algunas piedras sueltas*, bota para pisar na lama, grampos para a geleira, luvas para segurar nas escadas que separam uma fenda da outra, um pacote de cigarro Marlboro, máquina fotográfica (porque não é todo dia que subimos ao ponto mais alto do mundo, esperando na fila de alpinistas até conseguirmos dobrar a primeira esquina e aí então olharmos o pôr-do--sol por de trás da montanha). E aqui estão os tênis de corrida. Mas como dormir com essa falação aqui dentro dos meus tímpanos? Querem correr comigo? Pronto, aí está uma boa alternativa, podemos nos juntar em uma grande equipe, usaremos as mesmas camisetas (azul e cor-de-rosa), colocaremos os mesmos sorrisos idiotas na cara, como fazem aqueles que acham que correr seja apenas superar um desafio de nada (corrida não é autoajuda, minhas caras coleguinhas) e trotaremos como cavalos pelas ruas de Paris na época da ocupação alemã, o que me dizem? Não, eu prefiro que vocês vão à merda com essa alegria toda e não voltem mais, entendido?

O que mais chamou a atenção de Mateus quando abriu a porta do quarto foram as unhas da Laura cravadas nas costas de Rodrigo: em Buenos Aires, pela rua Florida, desviando-se dos vendedores de dólares falsificados, compradores de pesos argentinos que não valem nada, nadica de nada, dançarinas de tango e tocadores de realejo barrigudos e sem chapéus, abraçados como melhores amigos, siameses grudados de frente um para o outro, lado a lado, desde o dia em que acordaram na maternidade com cinco dias de diferença, duas casas na mesma rua, mesmas pedras nos jogos atrás do campinho, mesmos olhos mareados ouvindo canções bregas do Air Supply pensando nas Marinas, Julianas, Carolinas. Por vezes demoravam-se olhando um para o outro, dizendo nada em voz alta, mas simplesmente porque precisavam se olhar, sem entender mesmo o que acontecia. Fugiram juntos da gangue da rua de baixo, correndo para dentro do buraco ao lado do depósito de algodão, embaixo das palafitas da casa da menina loira com a plumagem amarelinha roçando seus dedos, cheiro de pele, peitinho rosado embaixo da camiseta branca, apontando para cima. As unhas cravadas nas costas de Rodrigo: em Curitiba, desviando-se dos guarda-chuvas abertos e fechados ao mesmo tempo, das pessoas olhando para baixo, o céu cinza de todos os dias, o café caliente, sentados na escadaria da Universidade Federal, livros de ficção e teoria literária debaixo do braço, discutindo poesia e pigarros de cigarro, um dia dormiriam ao lado do túmulo de Cortázar em Montparnasse, jogariam alpistes para seus gatos e bilhetes de metrô marcados em Porte des Lilas para Serge Gainsbourg, dançariam abraçados às putas do Moulin Rouge (amigas de mesa e cama de Lautrec Toulouse) ao lado do apartamento de Boris Vian, aliás, ali subiriam para ouvi-lo tocando trompete sentados no terraço, rodeados pela fumaça dos telhados das casas vizinhas, os cílios piscariam com o letreiro dizendo a nova atração nos melhores cinemas da cidade: *L'écume des jours*. Nem sempre se dão conta de que param os olhos uns nos outros, Mateus e Rodrigo. As unhas vermelhas de Laura com o esmalte do dia de aniversário, copo de vinho, jazz e heavy metal, cabelos soltos escapando pelo corpo, cravados nas costas do melhor amigo: resvalando-se pelas sombras do Manquehue no verão santiaguino, Província de Temuco, sol escaldado a 40 graus no escuro, as pedras giravam para o rio em que teriam que chegar abraçados, enrolados pela mesma corda de segurança. Subiram a montanha sem guia, apenas tateando pelos caminhos cruzados, desviando-se dos corpos escondidos na areia pelos militares, sem contar para ninguém, recitando os poemas de Neruda diante do Oceano Pacífico. Cerejas, amoras, morangos pelo mercado La Vega, alguns gramas de cogumelos variados (cuidado que esse é venenoso, Mateus), nozes e mariscos (centollas gigantes). De bicicleta pela Costanera Norte, ponta-a-ponta, há quase uma semana de distância. Quem sabe, se de sobressalto, poderiam pular de uma montanha à outra? Assim sairiam de Manquehue para a Manquehuito, depois subiriam pelo Cerro Torres, na Patagônia argentina, desviariam pelo Fitz Roy, sempre parado ao lado das nuvens pesadas, desceriam até o Wildstrubel, na divisa de Bern com todas as outras cidades da região, passando pelo Monte Rosa na Itália, até chegarem ao Anhangava e ao Pico Paraná, sem antes deslizarem pelo Monte Roraima, quase na Venezuela. Embaixo das unhas vermelhas do esmalte de aniversário, a voz de Laura abafada pelas mãos de Rodrigo.

As jogadoras de vôlei tagarelando sobre o que não viram ao redor, quietas apenas quando fecham os olhos, a barriga líquida da vitamina de abacate com açúcar refinado e aveia, as imagens formadas pelas nuvens no teto do quarto. Ainda teria quatro horas para descansar antes dos 42 quilômetros, 195 metros da manhã seguinte. Talvez tenha sido o macarrão requentado – que pesa no estômago – que não o deixa dormir. Quando fecha as pálpebras, encosta sua barba na boca de

Laura, canto dos lábios, batom vermelho, salto alto e calcinha fio-dental branca. O coração descompassado, apertado por dentro da camisa. Em frente ao Cantata Café, movendo as pernas para frente e para trás, sem saber onde colocar as mãos: talvez Peru e Bolívia, seria a viagem dos meus sonhos e a sua? A minha também, respondia Mateus, pensando em como seria voar com os condores de Machu Picchu presos pelos pés de ponta cabeça, dando piruetas no ar, escrevendo *Mateus ama Laura, Laura ama Mateus* com a fumaça condensada do avião, ou pendurar uma faixa com esses dizeres na lancha que cruza o lago Titicaca. Os dois caminhando de mãos dadas pela Ciudad de Mexico, calle Francisco Madero, desviando-se dos super-heróis que cobram pelas fotografias digitais enviadas por e-mail, dos tacos recheados com guacamole bastante salgados, carne moída e água com bactérias que não se adaptam aos estômagos dos turistas (a noite toda no banheiro do hotel e na enfermaria do hospital público: *bienvenido a la República Mexicana, mi caro amigo brasileño*, disse o médico enquanto puxava as pontas de seu bigode, deixando cair alguns pelos sobre o prontuário. Você segurou a minha mão nesse dia, Laura, lembra-se?, até formigar, porque seu braço ficou em cima do meu o tempo todo e eu não tinha forças para tirá-lo ou pedir para que você ficasse do outro lado, gargalharam soltos no café da Plaza Bellas Artes com torradas e berinjela sem tempero para não ferir o estômago. Quando fechou a porta do quarto, depois de ter falado com as jogadoras de vôlei, por favor, preciso dormir (ecoava pelo corredor a voz do rabugento reclamando de tudo), Mateus virou-se para o espelho ao lado da cama. Um Diego Rivera com a morte em plena Alameda Central rodeado de amigos, poderia ser Mateus, Laura, Rodrigo, não importa quem, apenas conseguia ver as pessoas desfocadas ao lado da morte, vestida de branco em *el día de los muertos*. Afastando-se desse quadro, conseguiu enxergar-se diante de outros desenhos do artista. Esse homem que girava a cabeça para todos os lados procurando pelas cores de Frida Kahlo era ele sendo observado por ele mesmo, olhando de perto os detalhes da paleta de cores e das pinceladas e sendo acompanhado por Laura, já pintada com o esmalte vermelho, presente que Mateus encontrou ao lado do sítio arqueológico na Plaza Zocalo. Nesse dia, ela com vergonha de entrar no shopping de sexo, tudo para o seu prazer, na calle Salvador, número 563: oito andares de cintas-ligas, calcinhas comestíveis, camisinhas musicais, cenouras plásticas, rabanetes de borracha, orelhas de coelhinho, trombas de elefante, cremes para o corpo e massageadores íntimos. Mas essa moça com quem acabou de gritar pedindo silêncio era morena, jogadora de vôlei, não era a Laura, Mateus. A Laura está com as unhas afundadas nas costas do Rodrigo que, por sua vez, ignora sua presença agressiva e calada no quarto ao lado da porta, movimenta-se na sua cama por cima do lençol molhado pelo suor que desliza do pescoço e sorri para ela da mesma forma que faz com você todas as vezes que se encontram no aeroporto depois de uma longa viagem.

Quando Mateus fecha os olhos de volta à cama, o estômago mais leve, como se começasse a flutuar, ele sonha: queria poder voar para caminhar ao lado da pipa que empina Rodrigo, correndo pelo campinho onde jogam bola todas as tardes. Os dois correm seguindo o barbante que se prende ao redor de uma árvore e acaba além de onde os olhos alcançam. Param para descansar e aproveitam para tirar as figurinhas do bolso: são fotografias de jogadores de futebol, copa de 82, mas o que Mateus procura mesmo é a imagem de uma flor que ele achou em outro pacotinho de figurinhas antigas. Essa eu só troco com você se for pela do Zico, dizia o menino. Só faço isso se você me mostrar, respondia Rodrigo. Uma flor de alumínio que aparecia no meio de uma plantação de girassóis. Essa vale pelo Zico, com certeza, pensava Rodrigo. Mas eu quero ver antes, insistia o amigo. Ver o quê?, pergunta Mateus. Os dois correm para baixo da casa de palafitas e entram no buraco ao lado do depósito de algodão. Assim mostram um para o outro e fazem a troca das figurinhas. Era macio, mas aos poucos Mateus sentia que algo apertava suas costas, arranhava e rasgava a pele, o sangue escorria por baixo da camiseta, as unhas vermelhas de Rodrigo cravadas nas costas do amigo: Laura abre a porta a fim de pedir para irem conversar dentro dos quartos e não no corredor do hotel, pois precisa descansar antes dos 42 quilômetros e 195 metros do dia seguinte, pronta para gritar. Como vocês podem fazer isso na minha frente?, grita Laura, por trás dos meus olhos, ao lado da minha retina transparente que nada percebeu, na nossa própria cama, em cima do lençol 100% *cotton* que compramos em Miramar, para quê? Quando ela abriu a porta, conseguiu perceber os corpos entrelaçados, o espelho embaçado de suor, escutou alguns pulos de prazer e dor. Mas não disse nada, fez-se de muda e surda, abaixou a cabeça e cortou a íris dos olhos, escondendo o sangue entre as mãos. Mateus e Rodrigo levantam-se apressadamente com os olhos para baixo e começam a correr ao redor da cama, como se quisessem forçar o ritmo da corrida. Esticam as pernas, os braços e saem dando passadas cada vez mais largas em direção à janela. O sol castiga a todos que insistem em ficar no deserto correndo para todos os lados, a fim de fazerem buracos na terra. Mas, ainda assim, Mateus sente força e continua a correr, mesmo depois de 70 quilômetros, sabendo que faltam apenas 10. Porém, perto da linha de chegada, por mais que continue avançando, ele não sai do lugar. Rodrigo, que tinha parado de correr no quilômetro 5, estava ao seu lado, na torcida, dizendo que faltava pouco, continue, Mateus, grita o amigo, olhe para frente, abra os olhos, levante o peito, não pare, não pare. Como se estivesse remando na direção oposta da correnteza do rio de degelo, uma das pás do remo já quebradas, a outra começou a sair do lugar, peça por peça, assim, apenas com as mãos arrastando um punhado de água, nunca suficiente para flutuar, Mateus tira uma máscara de mergulho de sua mochila e a veste, deve afundar em poucos segundos: pela superfície consegue enxergar peixinhos ornamentais azuis, amarelos, vermelhos, algas que se desgrudam das rochas submersas, a pressão nos ouvidos aumentando cada vez que puxa o ar para respirar dentro da água, resolve soltar-se da máscara (porque percebe que não faz a menor diferença) e começa a nadar como se tivesse uma barbatana de tubarão-martelo. Alguém pergunta se está molhado ou se isso era suor, Mateus. Quantos quilômetros você já correu para estar nessas condições? Olhando para seu relógio GPS, Mateus percebe que se esqueceu de apertar o botão que dá início à contagem de tempo e espaço, conclui, portanto, que correu zero quilômetro e meio, por isso o cansaço. Em outro momento, já virado na cama com a cabeça onde antes estavam os pés, as cobertas jogadas no chão, sente que o corpo está desparafusado, como se as partes tivessem saído do lugar.

Quando conseguiu levantar o braço esquerdo afundado entre o colchão e o travesseiro, Mateus desligou o celular que o acordou insistentemente por minutos. Era sua vez de importunar as jogadoras de vôlei. Sem lavar o rosto, esparadrapo na auréola do peito, camiseta leve, shorts, meias e tênis, sai pelo corredor batendo forte em todas as portas onde elas estavam, gritando e chamando para irem assistir à largada da maratona.

***

Mateus ajeita pela enésima vez o cadarço do tênis, a fim de garantir que não se soltará durante a prova, passa as mãos pelo bolso de trás e confirma que não se esqueceu dos géis de carboidrato, ajusta a camiseta para dentro da bermuda – assim minimiza o roçado do tecido no bico do peito – e olha para frente, dentro do arco de largada. É como se passasse por um portal que leva os corredores para outro espaço. O lugar onde estão deixa de existir, o chão passa a ser feito de nuvens cumulus nimbus, o ar rarefeito – como no topo do K2 – tem dificuldade em passar pelos pulmões, os pés (tal bate-estacas) perfuram o caminho. Vocês fizeram o mais difícil, meus amigos, grita o (des)animador da corrida, acordaram cedo, agora é só colocar um pé depois do outro e seguir adiante. Um pé depois do outro por 42 quilômetros e 195 metros, como fossem centopeias que trocam de pele e de joelhos a cada 10 quilômetros, pensa Mateus rindo sozinho. Como assim acordaram?, pensa ele, nem dormimos, e novamente gargalhadas em silêncio.

Quando Mateus escuta a contagem regressiva, é como se tivesse passado o cursor do computador por cima das pessoas ao redor de tudo e fizesse com que todos desaparecessem em um eco sem som, apenas vazio. Ele e os 42 quilômetros e 195 metros, nada mais, ninguém mais. Tão logo fecha a porta do quarto, percebe as unhas vermelhas de Laura cravadas nas costas de Rodrigo, desvia-se do sorriso do amigo, grita para dentro de si e dispara pelo corredor em direção à rua.

Nos primeiros 3 quilômetros ainda não sente os dedos dos pés. Os parafusos desconectados, deixando a impressão de desmonte, já molhado de suor, corre sem saber se caminha ou se nada entre as ondas de uma praia qualquer, como estivesse em uma travessia aquática, boiando ao lado do boto cor-de-rosa. Sente saudades. Talvez tenha se esquecido de se alimentar antes do início da corrida, apressado para sair do hotel e acordar todas as jogadoras de vôlei que atrapalharam o seu sono, deixou a banana amassada com maçã, o *waffle* com Nutella e o chocolate Ovomaltine embaixo da cama. Os primeiros sinais de hipoglicemia fazem com que estrelas girem ao redor dos olhos, no canto da visão o breu, apenas um pouco de foco para frente. Desde a primeira vez em que se sentiu assim, quando começou a correr no parque São Lourenço com sua tia e seu primo, tem a sensação de que ela o ajuda: pare um pouco de correr, respire fundo olhando para baixo, levante a cabeça aos poucos para cima, assim o sangue volta a deslizar pelo corpo todo. Agora coma esse pedaço de doce de leite, já vai se sentir melhor. Sente-se um pouco, dizia sua tia. Não posso me sentar, responde Mateus, como assim? Acabei de começar a maratona, se eu me sentar não vou continuar, mas preciso de açúcar, pode pegar aqui no bolso de trás para mim, por favor, tia? A culpa é dessas meninas que não paravam de tagarelar, umas matracas, não consegui dormir bem e quando tentava descansar vinham os sonhos, nesse caso acho que exagerei no macarrão ou na vitamina de abacate com aveia, não sei bem. Tia, por que o caminhão não se desviou do carro? Não consigo entender ainda o que aconteceu, vocês estavam muito rápidos? Alguém me disse que você estava dormindo na hora do acidente e, mesmo com o cinto, bateu a cabeça no vidro, foi isso mesmo? Não, Mateus, não estávamos correndo muito e não bati a cabeça no vidro, eu estava com o cinto e, por isso mesmo, minha cabeça ricocheteou, quebrei o pescoço. Infelizmente me lembro da dor que senti antes de morrer, foi tão forte que depois de alguns segundos eu não estava mais escutando minhas pernas e nem sabia se ainda tinha pescoço, ou se a cabeça havia saído do carro, mas não, eu não me vi em pedaços, apenas quebrada por dentro, porém seu tio estava com os ossos das pernas em frangalhos, viu isso? Talvez por isso que ele não tenha morrido e eu sim. Ainda me lembro de um momento em que abri os olhos e percebi várias pessoas por cima de mim, cabelos soltos em meu rosto, luvas, martelo e serra elétrica, alguém cortava uma parte do carro para que eu pudesse ser retirada dali. Queria pular de uma hora para outra e dizer que tudo tinha sido uma brincadeira de circo e que éramos os palhaços Patotinha e Patotinho, viemos para alegrar as crianças que estão olhando o acidente com caras espantadas, um nariz vermelho, sapatos maiores que os pés, bocas pintadas com batom vermelho em forma de um largo sorriso. Mas, não, a boca vermelha era de sangue mesmo, os pés estavam piores de como vão ficar os seus quando terminar essa maratona (sem as unhas) e o nariz, foram os socorristas quem o quebraram para poderem colocar um cano até o fundo da garganta, a fim de que eu pudesse respirar, um horror, nem queira saber. Quando dei por mim, já tinha falecido, não ouvia mais o bip da máquina, e o choque que me davam já estava rasgando a pele do peito sem sangue nenhum. Mateus, sinto muito, mas sempre tenho que ir embora, talvez um dia entendamos, enquanto isso, não se esqueça de se hidratar nos próximos quilômetros. Aliás, quantos quilômetros já corremos? Mateus procura o visor do relógio, ainda vendo alguns pontos brancos de luzes nos cantos dos olhos (embora cada vez menos), efeito da falta de açúcar, quem sabe?, e talvez tenha visto 3, 5 ou 8 quilômetros.

Desculpe, não entendi, o que o senhor disse?, pergunta uma participante da maratona, ao mesmo tempo em que tira os fones de ouvido. Mateus parecia cansado, achava que havia tido uma conversa em silêncio, não disse nada, sinto muito atrapalhar a concentração, ou melhor, sabe quantos quilômetros já corremos? Mal começamos. Uma eternidade, quem sabe?, um mantra atrás do outro, como em uma hipnose para não pensar em quantas pisadas teria que fazer, caso contrário, contaria até o infinito.

Mas o sol alto o castiga como no dia em que parou com o carro na estrada entre Antofagasta e San Pedro do Atacama para urinar. Antes mesmo de tocar o chão, esvai-se em fumaça, evaporando-se longe de qualquer sinal de flores, apenas poeira. Limpa o rosto com a barra da camisa deixando a visão ainda mais turva, como fica a rodovia Manaus-Caracas em dia de chuva: não se enxerga um palmo de distância. Os olhos quase fechados para escapar da claridade, o queixo apontando para baixo, a língua para fora (como fazem os cachorros quando transpiram), dando voltas sem sair do mesmo lugar, apenas deslocando-se junto às dunas. Felizmente não se esqueceu de calçar suas meias, caso contrário, teria que saltitar entre os grãos ferventes do deserto. Nesse dia, foi quando se lembrou da existência das sombras que fazem as árvores, sentiu falta delas, como os grandes pinheiros de araucária de sua infância quase tombando com a ventania antes de começar a chover: olhando pela janela do pensionato de sua avó, Mateus espantava-se com o movimento do pinheiro, torcendo para que os galhos alcançassem o chão e voltassem para cima, como quando ele e o Rodrigo atiravam pedrinhas com seus estilingues tentando acertar as cigarras que cantavam dentro do céu. Mateus olha para o sol enquanto continua martelando os pés no asfalto, balançando os braços na altura do tórax. Ofuscado pelo calor, olha Rodrigo descendo com seu carrinho de rolimã: que susto quando viu o osso da perna furando a bermuda do amigo, que chorava de tanto rir da própria dor, mais preocupado com o carrinho que continuou descendo a ladeira até bater em um guaxinim que começou a uivar e a rolar pela terra terminando no riacho que tinha atrás de uma parede. Como você suportou a dor?, pergunta Mateus, soltando palavras entre os dentes, sentindo aquela aflição quase que incontrolável por ver o osso exposto. Que dor? Concentra-se na corrida, Mateus, responde Rodrigo, e pare de olhar pelo buraco da fechadura, não aprendeu ainda que isso é muito feio? Não vou continuar correndo com você a partir daquela próxima linha ali na frente, está claro?, continua o amigo. Volte aqui, Rodrigo, grita Mateus, já passou água boricada nesse machucado? Ou então merthiolate? Mas saiba que vai arder como se tivesse esquecido a mão em cima da chama alta do fogão a lenha, lembra-se? Os dois meninos ajudados pela avó de Mateus, dançando enquanto faziam pipoca, *Maria Pororoca arrebenta pipoca, Maria Pororoca arrebenta pipoca,* cantavam os dois sem mais.

A moça que oferece hidratação aos corredores pelo quilômetro 15, ou 20 talvez, achou que Mateus fosse se afogar no copo de água: uma semana andando sozinho pelo deserto do Atacama, sem chapéu, sem óculos de sol. O senhor tem certeza que consegue continuar? Mateus ouve de longe a pergunta. Naturalmente, minha senhora. Como assim?, acha que faltando apenas 1 quilômetro eu pararia? Mas ainda estamos próximos da largada, meu caro. Talvez tenha sido a enorme quantidade de água que ingeriu, ou então ainda a vitamina de abacate com aveia do final da tarde de ontem, misturada com mais um gel de carboidrato: o banheiro químico ficava a uma eternidade de onde estava, corria com as calças abaixadas dizendo que passava muito calor, assim disfarçava e não chamava muito a atenção dos demais corredores. Porém, por onde ia, soltava flatulências debaixo das cobertas e ficava por dentro para tentar identificar o que tinham comido. Rodrigo e Mateus inventaram o campeonato de peidos: venceria aquele que adivinhasse o que o outro havia comido no almoço, sabiam que com feijão preto ninguém perdia. Dessa forma, Mateus não teve tempo de entrar no banheiro químico e começou pela lateral da pista de corrida, deixando uma pequena marca até a privada. Algo extremamente natural, dizia o médico para seu pai no dia em que faltou na escola porque estava com uma virose fortíssima. É preciso recuperar a força perdida, tome esse remédio a cada hora durante essa maratona que amanhã estará novinho em folha, dizia o médico no final da consulta. Assim, pensava Mateus, quando conseguir sair do banheiro para continuar a correr essa prova, dispararia com toda a velocidade que ainda não conhecia.

Alguns centímetros, metros ou quilômetros adiante, segurando os joelhos com as duas mãos, Mateus percebe que alguns corredores estão vindo pela contramão. Nesse caso, não tem certeza se é ele quem pegou a direção errada e corre para a largada, e não para a chegada, ou se realmente são outros corredores que vêm por ali. Entretanto, continua, porque é preciso continuar, alguém lhe disse certa vez. Aos poucos, foi conseguindo identificar um por um da outra família de seu pai, que vinham acenando para ele: a mãe sentada no sofá da sala com os olhos vermelhos sem dizer uma única palavra, o pai olhando para um ponto inexistente na parede, os irmãos mais velhos, que nunca imaginou existirem, abraçados à outra mulher. Sentiu que não deveria perguntar o que tinha acontecido, correu para a casa do Rodrigo, esconderam-se debaixo das palafitas ao lado dos sacos de algodão e por ali ficaram até não aguentarem mais de frio no meio da madrugada. Mateus saiu sem se despedir do pai, que deixou de ser o marido da mãe para ser o pai da outra família, com outros irmãos e outra esposa. Desde quando? Ou talvez fosse ele o filho da outra família (sua mãe, a outra esposa) e não o contrário. Eles passaram correndo em um *pace* tão grande que não deu tempo de perguntar nada, simplesmente foram, levantando poeira na direção oposta à que ia Mateus. Quando abriu a porta do quarto, as unhas de uma mulher cravadas nas costas do marido, na cama da outra família que nunca existiu, mas que sempre esteve por perto. Como vocês podem fazer isso na minha frente?, grita a mãe de Mateus, por trás dos meus olhos, ao lado da minha retina transparente que nada percebeu, na nossa própria cama, em cima do lençol 100% *cotton* que compramos em Miramar, para quê? Mas não disse nada do que gritou pensando, fez-se de muda e surda, invisível, abaixou a cabeça e cortou a íris dos olhos, escondendo o sangue entre as mãos.

***

Difícil de raciocinar depois que chega ao quilômetro 30, exatamente onde a maratona, de fato, começa. Até esse ponto, muitos chegam, mas os últimos 12 quilômetros e 195 metros são arrastados com os joelhos repicados, a panturrilha inchada, as unhas perdidas e os olhos esbugalhados pelo suor do corpo desidratado, as pernas não respondem mais para qual lado devem andar, a cabeça explode e todo o macarrão da noite anterior, mesmo se já digerido, quer sair pela boca, inclusive o coração. Alguém que estava assistindo à corrida passou despercebido pela segurança e se prostrou na frente de Mateus com um dos braços estendidos para frente, tirou um jornal que carregava debaixo do outro braço e começou a ler uma notícia:

Günther Messner, pendurado em seu picolé a mais de 8.000 metros de altitude no monte Nanga Parbat, sem conseguir absorver o oxigênio rarefeito, perdido no meio da nevasca e sem saber onde estava o irmão, viu nitidamente quando nativos da região o convidaram para pular da rocha em que estava e deixar seu corpo deslizar pela neve, ouvia o incentivo, aplaudiam sua performance, até que se misturou com uma avalanche e nunca mais foi encontrado.

Mateus puxou o jornal das mãos do homem:

Als **Höhenkrankheit** (oder ungenau als Bergkrankheit) bezeichnet man einen Komplex von Symptomen, der bei Menschen auftritt, die sich in große Höhen begeben oder dort leben. Die Höhe beim Auftreten erster Symptome ist individuell verschieden und stark *konstitutionsabhängig. Leitsymptom sind Kopfschmerzen, dazu kommen häufig Appetitverlust, Übelkeit, Erbrechen, Müdigkeit, Schwäche, Atemnot, Schwindel usw.*

Depois de ler essa última informação, Mateus dobra o jornal e o coloca dentro do tênis, assim tem a ilusão de impedir que a bolha que se formou no calcanhar esquerdo não o atrapalhe para cruzar a linha de chegada. Mesmo olhando fixamente para o relógio, não consegue adivinhar em qual quilômetro está, muito menos há quanto tempo corre: alguns minutos, horas, dias. Talvez perto do quilômetro 40, mas com medo de descobrir que ainda nem sequer havia largado, insiste em segurar os joelhos com as mãos, já deslocados do eixo central de suas pernas. Um desses corredores que se dizem treinadores de meia-tigela passa por ele e percebe a dor. Sussurra em seu ouvido: meu caro, vamos aos fatos: o que faz aqui? Sempre me pergunto isso quando estou no meio da corrida, responde Mateus. Bem, metafisicamente falando, continua o atleta metido a sabichão, essa cara de dor que está demonstrando diante de todas essas pessoas significa medo dos novos rumos da vida, algo que foi reprimido no passado. Ou seja, alguma coisa o impediu de agir e agora está aparecendo como forma de arrependimento, e essa sensação desloca-se para esse momento. A dor que sente é o resultado final. Como você treinou para essa corrida? Mateus olha para ele de viés e com um pouco de desdém pensa: visto a camiseta de algodão, calça de moletom, tênis bamba e saio por aí, oras bolas. O sabichão indignado começa a depilar os cabelos até ficar com a cabeça lisa: mas, e as planilhas de treino, os tiros, os longões, seu treinador, quem é?

Dizem que antes do fim vem o momento da lucidez plena, quando flutuamos sem saber por onde pisamos, viramos as esquinas sem pensarmos em quais ruas chegaremos, conversas guardadas no fundo da memória são codificadas ao mesmo tempo em que as imagens ganham um colorido ensurdecedor, não compreendemos a realidade, mas discutimos com ela de igual para igual. Em um movimento abrupto, Mateus para de correr, desamarra o tênis e o lança em direção ao corredor-sabichão, tira o resto de jornal que ficou grudado na bolha do calcanhar e senta-se no meio-fio. Observa um homem que corre com o corpo arqueado, pisada irregular, puxando o ar rarefeito como se estivesse no topo de uma montanha de 8 mil metros aproximando-se, talvez não tenha entendido, mas percebe que esse corredor era ele mesmo que vinha para a reta final, últimos metros, impulsionado pelos gritos desesperados das jogadoras de vôlei que não o deixaram dormir na noite anterior. Elas corriam junto a ele, incentivando-o a cada passo, carregando os pedaços das unhas que foram ficando pelo meio do caminho.

Uma delas decide ficar ao seu lado e o ajuda a se levantar. Mateus passa por eles, dá uma piscadela com o olho esquerdo e segue correndo. Os dois observam à distância, atentos para quando Mateus cruzar a linha de chegada.

Mas a cada segundo que passa, Mateus vai se distanciando, se distanciando até não mais ser visto.

Dona Verônica

(Para Gabriela Silvério.
Obrigado por essa história roubada de seus sonhos)

> *Foi um tempo que o tempo não esquece*
> *Que os trovões eram roucos de se ouvir*
> *Todo o céu começou a se abrir*
> *Numa fenda de fogo que aparece*
> (Zé Ramalho, **Canção Agalopada**, 1981)

Os olhos estalados por detrás do muro enquanto Dona Verônica desce lentamente os degraus da porta de entrada. Segura no corrimão quase devorado pelos cupins. Ou pelo tempo. Talvez pelas chuvas do ano inteiro e derretido pelo sol de janeiro. Cada movimento parece que a levará para o chão, como naquele dia branco que, quase sem querer, a menina a viu escorregando e caindo de bunda no chão. Parou de rir quando a percebeu chorando em silêncio, com a cabeça entre os braços, já que não conseguia se levantar sozinha, até que alguém chamou a ambulância e a deitou na maca. Sentiu-se tão arrependida pela gargalhada que, sempre que ri, escuta a sirene ficando cada vez mais forte até praticamente explodir em seus ouvidos. Esconde as orelhas. Quem sabe não tenha sido a primeira vez na vida em que se sentiu culpada? Tão culpada que chegou a acreditar que ela a derrubou da escada de tanto que a olhou. Claro que não, Joana, dizia sua mãe, Dona Verônica tem dificuldades para andar e, além do mais, lembra como a grama estava cheia de gelo? Ela escorregou, é normal, as pessoas caem mesmo, continua sua mãe, tentando consolar a menina que se escondia debaixo da cama, carregando todo o peso do mundo. Sentiu a dor da agulha quando o médico espetou no braço de Dona Verônica para misturar o remédio na corrente sanguínea. O lado esquerdo vermelho. Um sentimento danado esse da culpa. Como se fôssemos sempre responsáveis pelo que acontece com o outro. Um bumerangue que lança uma ideia, uma cor, e passa devastando tudo que encontra ao redor, até voltar torto entre os dedos. Nunca retorna da mesma forma: basta uma palavra, um suspiro, um corte no dedo do pé, um cisco que cai no cantinho do olho e o deixa inchado de tanto coçarmos, uma piscadela em direção oposta de onde andamos, para que a culpa apareça. A menina olhou tanto para Dona Verônica naquele dia que viveu a sensação de ter puxado o tapetinho amarelo escorando a porta, até que ela não teve mais equilíbrio e foi de encontro ao chão. Só com os olhos. Mas jura de pés juntos, diante da parede e da imagem de Nossa Senhora na penteadeira do quarto, que não teve a intenção. Só tinha medo que Dona Verônica olhasse para ela e a chamasse para ajudar a descer as escadas, mesmo do outro lado da rua. Mas tinha certeza de que não era vista, escondida atrás da janela da sala, só com a testa na fresta.

Com o tempo, Dona Verônica foi aprendendo a descer a escada cada vez mais devagar. Um passo de cada vez. Carregando a sacolinha de supermercado com um pequeno rastelo e o regador vazio. Uma única flor plantada ao lado do portão, quase ao alcance das mãos de quem por ali passava. É uma flor de alumínio que, de tão vermelha, parece ter sido pintada por alguém. Ela fica embaixo de uma pequena marquise de madeira que se alonga sobre uma das paredes da casa, dessa forma o sol não se deita diretamente em suas pétalas e a chuva não a afoga. Joana sente um pingo de alegria transbordando pelo muro de onde observa Dona Verônica sempre que a vê chegar diante da flor: senta-se com cuidado no banco, coloca a sacolinha aberta no chão para poder pegar o rastelo, larga o regador por perto e começa a conversar com a flor. Há de se preservar a beleza, minha filha, dizia sua mãe diante do espelho enquanto ajudava Joana a pentear seus cabelos no dia em que, pela primeira vez, entrou na casa de Dona Verônica.

Mesmo sendo segunda-feira, pôde usar o vestido azul de domingo. Era uma alegria toda vez que o tirava do armário. Pintava-se com o batom escondido, cílios desenhados e deixava as mechas enroladas por trás das costas. Só não gostava quando os amigos de sua mãe apertavam suas bochechas, já tão beliscadas, e diziam que estava tão mocinha. Mas dessa vez, iam apenas atravessar a rua até a casa de Dona Verônica. Joana aperta forte a mão da mãe quando se aproximam do portão de entrada. O bairro todo parecia estar ali, mas ninguém conversa com elas: apenas um aceno de cabeça, uma piscadela de olhos, um movimento na aba do chapéu. Talvez tenha sido nesse dia que a menina aprendeu que o silêncio pode falar mais alto que a gritaria. Escuta apenas os passos rangendo a madeira da escada, desliza alguns dedos pelo corrimão e tranca a respiração. Tranquilo, filha, sussurra sua mãe, Dona Verônica está lá dentro. Em cima da porta, uma fotografia em preto e branco de um casal que não conhecia, como se estivessem dizendo "sejam bem-vindos", a mesa posta com bolinhos de chuva cobertos de açúcar e um bule de café. Por todos os cantos, os vizinhos segurando uma xícara ou fumando ao lado das janelas. Algumas pessoas estavam sentadas no sofá de couro surrado em frente ao televisor desligado (parecia quebrado). Joana e sua mãe caminham em direção ao corredor que as leva para a outra parte da casa. A menina tenta se distrair olhando as fotografias que enchem as paredes e percebe os olhos de Dona Verônica em várias delas: cabelos longos, unhas pintadas, vestidos de domingo, castelos de areia na praia, sentada no banco de trás de um carro, em cima de um cavalo, atravessando uma avenida, tocando violão em cima de um fogão a lenha, abraçada a um grupo de amigos, beijando um homem enrolado em um cobertor de lã, fazendo bonecos de neve em frente à universidade, com os braços abertos em uma montanha, pulando de um trampolim tão alto que mal se vê a piscina lá embaixo, acariciando um gato de pelos longos, dando comida para um cachorro de rua. Você vai até lá e a cumprimenta, diz que sente muito, pede sua mãe em seu ouvido. Foi a primeira vez que a menina olhou tão de perto nos olhos dela. Queria pedir desculpas por tê-la derrubado da escada, não foi minha intenção, eu só estava vendo como a senhora descia as escadas. Eu não consegui te ajudar, fiquei paralisada quando percebi que estava chorando de dor, Dona Verônica. Será que posso enxugar seu rosto? Se quiser, posso ficar aqui essa noite com a senhora. Mas a menina nada disse, apenas estendeu a mão direita. Como se esquecer do marido dela deitado na cama? A pele esbranquiçada, olhos fechados, mãos postas em cima do peito, os cabelos ajeitados com gel molhado, nó na gravata, apenas os sapatos para fora, virados em direção à porta de entrada – ou de saída.

Nessa noite, Joana não conseguiu dormir sozinha, abraçada à sua mãe até amanhecer. Sonhou que corria pelas ruas do bairro tentando encontrar a saída de algum lugar que nem sabia onde era. Um homem com os cabelos lambidos para trás, pálido e de terno e gravata dizia para ela: vire na próxima esquina e vá por aquela direção, siga em frente e só pare quando encontrar uma escada encostada na parede. Suba com cuidado, porque um dos degraus está quebrado, você vai ter que descobrir qual é para não cair. Assim que conseguir chegar até o ponto mais alto, pule para o telhado. Dentro de uma caixa, você vai encontrar sete botas sujas de terra. Em uma delas tem sete xícaras com sangue derramado dos passarinhos que você matou com estilingue, cuidado para não se cortar com as sete facas espalhadas pelas telhas, elas têm os fios bem amolados. Quando você encontrar essas sete xícaras, deve se ajoelhar sete vezes em sete telhas diferentes e, depois que conseguir descer, precisa correr por sete léguas dando sete voltas ao redor da casa de Dona Verônica, está entendendo? Joana anotava mentalmente as regras do jogo enquanto começava a rezar para a imagem de Nossa Senhora, como aprendeu com sua avó. Depois que terminou de conversar com a santa, a menina encontrou um martelo, montou nele e saiu a galope por um longo corredor cheio de fotografias. Só conseguiu parar quando foi ofuscada por uma luz muito forte, de alumínio, vinda pelo quintal na frente da casa. Acordou molhada de suor. Ou de urina.

Seu mundo ao redor de uma flor. O rastelo é, na verdade, um pincel, e dentro do regador trazia tinta guache vermelha. Passa horas sentada no banco, deslizando o vermelho por sobre uma única pétala, enquanto outras desbotam, secam e caem. Com as folhas secas, Dona Verônica cobre a terra adubada pelo corpo do marido enterrado em seu quintal. Conversa em voz baixa e cantarola a mesma canção que mora em sua cabeça há anos. A mesma que cantava no momento em que eles esconderam a luz do dia de sua frente e a levaram para um quarto escuro, apagando-a do tempo e da razão. Talvez tenham sido dias, semanas ou anos, perdeu-se em um labirinto de incertezas que a acompanha para sempre. Uma ameaça para a integridade, um absurdo pensar diferente que os outros, uma irritação ter os olhos virados para os lados, os punhos cerrados e os braços estendidos prontos para o abraço. O primeiro choque que levou foi no dedo do pé descalço pisando em uma poça d'água, depois a corrente elétrica deslizou pelas pernas, escorregando até os fios de cabelo. Era obrigada a se deitar na banheira de água fria, nua, para que as faíscas tivessem maior efeito, deveria morder um pedaço de madeira para que não comesse a própria língua (afinal de contas, estava ali para falar). Como responder às perguntas que lhe vomitavam se não conseguia pensar? Como ser verdadeira se o que dizia não era o que queriam ouvir e a forçavam a dar respostas que não existiam? Inventar uma ficção sem elementos reais? Insistiram no dia seguinte, ou no minuto seguinte, talvez na semana seguinte, agora com pauladas nas solas dos pés amarrados de cabeça para baixo, o sangue coagulado. Como dizer algo se o som não brota do peito, não sai pela garganta? Escutava uma voz chamando-a por outro nome que desconhecia, alguém cantava a melodia de sempre ao seu lado. Seriam os amigos com quem estivera antes de ficar agarrada nessa corda? Queria ao menos poder falar com sua mãe, seu pai, talvez eles pudessem buscá-la, tirar a venda dos olhos para voltar a enxergar. Sem forças para pedir que saíssem de dentro dela, pule para fora daqui, por favor, grita surda. Novamente um corpo. Outro. Todos como estacas enfiadas no canto esquerdo do peito. Culpa de algo que não fez, ou ao menos não sabe o que dizer para se livrar dela. Imaginava todos os nomes que queriam, mas sem forças para articular os lábios. Teria que escrever, mas batiam em suas mãos, não percebe que não tenho forças para segurar a maldita caneta, pensava. E, da mesma forma que foi parar nesse quarto escuro de uma hora para outra, eles a jogaram de volta para a sarjeta, no meio do mato, sem saber onde estava, quando era ou se ainda poderia ser alguém. Desmaiada de dor e cansaço, só abre os olhos quando alguém lhe chama por um nome que remete ao que conhecia como sendo seu. Vagamente vai se lembrando de algumas luzes, cores, gostos, deitada na cama que passou a infância e parte da adolescência. Depois, somente o medo: alguém que derruba um copo por perto estilhaça sua angústia, uma sirene de ambulância a faz perder-se entre seus braços e pernas, como uma criança recém-nascida, um homem que chama o amigo do outro lado da rua faz com que saia correndo para se aquietar atrás do poste mais próximo, nunca mais coloca a cabeça no travesseiro e dorme de uma só vez. Saiu para nunca mais voltar por aquelas ruas, não queria mais o odor dos carros, de muitas pessoas juntas, do céu entre prédios. Escondida dentro de uma casa de madeira, costurando roupas para as festas dos outros e pintando telas. Fotografias apenas de quando estava sorrindo. Seu mundo ao redor de uma flor de alumínio e, desde a morte de seu marido deitado naquela cama por anos sem poder sair, da solidão assistida pela menina que mora na casa em frente à sua, com os olhos arregalados atrás do muro, vendo sua dificuldade em descer uma pequena escada.

O que saberia Joana de sua história, senão que conversava com uma flor vermelha? Nesse dia, foi surpreendida pelo olhar de Dona Verônica, que estendia as mãos fazendo sinal para que a menina se aproximasse. Assustou-se tanto que rapidamente se abaixou para não ser vista. Mas sabia que ela ainda a observava e continuava a guiar os dedos em sua direção, chamando-a. Ela sabia que todos os dias Joana a via sair por aquela porta, descer as escadas e sentar-se no banco em frente à flor? Passava minutos, horas, contemplando-a com o pincel e a tinta guache trêmula, mas infinita no trabalho de cuidar das pétalas. Talvez ainda a culpe pelo dia em que caiu na escada lisa pela geada? Porém, mal sabia a menina que a dor era muito mais profunda do que aquele escorregão. Apenas conversando baixinho com a flor, cantando a música de sempre. No dia em que entrou pela primeira vez em sua casa, talvez soubesse que Dona Verônica queria lhe dizer que via seus olhos pela fresta da janela, mas não tem problema, mocinha, assim me sinto menos sozinha, teria dito.

Nunca mais havia passado por aquele portão depois do velório. Já não era a mesma menina de antes, embora com os mesmos cabelos e olhos arregalados por detrás do muro. Queria abraçar Dona Verônica, dizer que a acompanha há anos todos os dias, que sabe como cuida dessa flor do jardim, das folhas secas caídas em seus pés, falar que sente tanto por sua solidão, pelas dores que evita ao descer a escada. Assim, como se alguém tivesse amarrado uma corda de quintal em quintal, Joana caminha a passos leves, equilibrando-se em um pé só, com os braços abertos para não perder a noção da altura e, tão logo se dá conta, já segura as mãos de Dona Verônica, que a conduz para dentro de sua casa. Pede para que a moça a espere sentada na frente do televisor desligado, que nem adianta tentar porque não funciona, disse desaparecendo pelo corredor.

Com exceção do bule de café e dos bolinhos de chuva cobertos de açúcar, a sala parece estar exatamente como da primeira e única vez (até então) em que esteve ali: a fotografia do casal olhando com seriedade para frente (dando as boas-vindas?), o sofá de couro surrado, as cortinas encardidas entreabertas, um tapete ou outro colocado distraidamente no chão. Senta-se aqui comigo, Dona Verônica, me conte de você, pede Joana, imaginando uma conversa. Fale sobre as fotografias espalhadas pela casa: todas com roupas de domingo, os olhos sorrindo, os cabelos soltos. A flor de alumínio pintada de vermelha.

Mas ainda quieta, balançando as pernas enquanto a espera voltar.

Dona Verônica retorna para a sala carregando uma caixa de madeira do tamanho de seus braços, senta-se ao lado da menina e entrega-lhe o objeto. É meu presente para você, diz, cada vez que usar uma dessas sete xícaras, lembre-se de mim, e se um dia elas se quebrarem, guarde os cacos.

***

Há tempos que Joana sabe, enquanto desce lentamente os degraus da porta de entrada, com o peso dos anos que chegaram sorrateiros (quase despercebidos) dos olhos estalados por detrás do muro da menina que mora na casa da frente. Segura no corrimão quase devorado pelos cupins. Ou pelo tempo. Talvez pelas chuvas do ano inteiro e derretido pelo sol de janeiro, até chegar ao banco em frente à flor de alumínio pintada com guache vermelha. Carrega dentro de uma sacolinha de supermercado um rastelo, um regador e uma xícara de louça sem a haste.

Aleluias

Escrevi no córtex: minha Curitiba, de tão cinza que é, vive estrelada.

(Flores Dias, **Pequenos contos escritos em guardanapos de papel**, 2004)

Como se olhássemos para o sol diretamente por alguns segundos e depois fechássemos os olhos. Sabe? Pontinhos brancos surgem ao redor da visão periférica. No meio do olho não se percebe nada, fulminante para frente, mas ao redor fica tudo girando, girando. É de se confundir a cabeça. No início eu achava que estava no meio de uma colmeia de abelhas, ou então sabe no fim de tarde quando estamos passando pela praça Osório e as árvores ficam cheias de aleluias? As asas vão caindo no cabelo, em cima do rosto, dentro no nariz, nos resta abanarmos o ar com as mãos até cruzarmos o chafariz, depois vai melhorando, melhorando, até ficarmos livres. Pois, assim parecia. Mas eram aleluias imaginárias, não tinha como agarrá-las, elas escapavam por entre meus dedos, deslizavam para dentro da manga da camisa e me deixavam paralisada, sem ter o que fazer. Era só fechar os olhos, ficar parada debaixo dos prédios e deixar as estrelas rodando.

Mas a primeira vez que as estrelas apareceram não tinha sol. Abafado estava, mas entre nuvens. A terra era lava da erupção do início da década passada: o desenho de um caminho sem árvores, sem flores, cruzando o rio ao redor do vulcão, perto da laguna entre dois outros pequenos montes. Fazendo uma caminhada de mais de dez horas para nos escondermos por detrás do Osorno, contornando a Patagônia chilena até encostar no Calbuco. Pude ver quando o primeiro tábano apareceu ao meu lado. A guia havia dito que eles viriam nessa época do ano (apenas um mês, não mais do que isso), chegariam aos poucos e ficariam fazendo o barulho do besouro ao lado do ouvido. Mas era bonitinho, sabe? Um preto que brilhava, formando as cores do arco-íris. Bastou o primeiro chega-pra-lá para que viesse mais um, depois outro, e em um instante, quando pisquei os olhos, estava sendo carregada por suas asas de um lado para o outro, me debatia com o corpo, tirei a jaqueta e comecei a rodar, rodar, fazendo com que a hélice criasse um jato de ar, mas os tábanos foram envolvidos por esse redemoinho e a situação piorou, porque eles foram sugados diretamente para perto do meu olho esquerdo. A pancada foi grande, como um soco no meio da íris. Eu continuei rodopiando a jaqueta, correndo nua pelo caminho, até me jogar na laguna azulzinha parada no chão rochoso.

No caminho de volta, esfriou tanto que apareceram flocos de neve em cima do meu cabelo, os tábanos foram embora, mas as estrelas cintilando no canto dos meus olhos ficaram. Desde esse dia, eu não paro de rodar a jaqueta, tentando apagar essas luzinhas.

Quando cheguei no hotel, achei que um bom banho e uma noite de sono seriam suficientes para apagar as estrelas. A água aquecida fez com que o banheiro ficasse rodeado de vapor, o espelho em cima da pia foi ficando embaçado, embaçado até que fui desaparecendo aos poucos, só o vulto ainda por lá. Passei as mãos para tentar limpar, porém o que fiz foi sujar a superfície do espelho, como se encardisse minha testa com o lápis preto que tentei pintar ao redor do olho. (Nunca mais achei a marquinha de nascença que ficava embaixo da bolsa de ar do meu olho esquerdo). Para limpar a mancha, puxei os cabelos para trás, amarrei o rabo-de-cavalo dando várias voltas no elástico e passei os dedos no canto dos olhos tentando limpar a plica semilunar direita, depois, a esquerda. Engraçado que quanto mais forte coçamos essa bolinha, mais claro fica o dia, ou a noite (semilunares, que nome lindo para uma coisinha tão feia, não acha?). A água já estava saindo do box, molhando o tapetinho onde eu estava. Dessa forma, empurrei-o para trás do vaso sanitário e entrei debaixo do chuveiro. Mas não de pé. Eu me deitei com o rosto ao lado do ralo, porque pensei que pudesse deixar as luzinhas escorrerem por ali, enquanto a água caía quentinha no meu rosto. Mas, o que aconteceu foi que eu me engasguei. Até com a saliva eu me perco, ainda hoje, você sabe, né? Então, me engasguei com o cheiro desse brilho que não saía mais do canto dos meus olhos. Eu só conseguia ver em linha reta sem essa cor incômoda. Pensei: já que me entupi com a água escorrendo pelo ouvido, por que não me deitar de barriga para cima deixando-a cair direto nas narinas? E foi o que fiz: em um pulo, já estava deitada com a bunda no ralo, cheirando a água que batia com bastante pressão. Mas não foi suficiente, eu ainda achava que os tábanos estavam rodeando meus ombros ao lado do Osorno. Quase caí do outro lado. Tive a sensação de que cheguei ao cume do vulcão e me desequilibrei. Sabe quando estamos dormindo e de repente o corpo se mexe abruptamente, como se tivéssemos voltado? Os grampones não eram suficientes para evitar que escorregasse, por isso fui tateando o gelo, segurando as rochas pontiagudas, pisando com cuidado de costas para baixo, até tocar o ponto mais baixo.

E tudo isso passou quando eu ainda estava deitada no box do banheiro. Devo ter dormido, porque a água que escorria pelo ralo já não era água, e sim saliva. No sonho, ganhei um presente: uma semente que logo plantei no vasinho do parapeito da janela da cozinha. Brotou na mesma hora uma pequena haste verde-clara e foi se desenrolando, como um pé de feijão no algodão da aula de ciências do 3º ano, sabe? Mas foi tão rápido que mal percebi que o brotinho já era uma planta completa, com folhas graúdas e uma pequena flor bem no meio. Era uma flor de alumínio. Ela começou a se movimentar e logo não era mais flor, era uma cauda de peixe, sem escamas. Um robalo escorregando das mãos do pescador de pé no barquinho a motor no meio da lagoa entre os vulcões. *The old man*. Aos poucos foram aparecendo as escamas e a cauda já não era mais de peixe, mas sim de um furão. Ele saiu do vaso e começou a dar cambalhotas pelo chão da cozinha, rolando para debaixo da pia, em cima do motor da geladeira (ele me disse que ali seria seu quarto no inverno), dentro do forno, passou para a sala, envolveu-se no tapete da biblioteca, rolou, rolou por cima da minha cama, entrou no banheiro, até o ralo, onde eu tinha deixando minha cabeça com a água escorrendo para limpar a mancha da testa, apagar as luzinhas ao redor. O furão deixou de ter escamas de peixe e passou a ter pele de besouro. Ou de tábano, não tinha muita certeza. Mas isso também não fez diferença, até mesmo porque esse besouro ou tábano passou a ser uma barata. O ralo foi aumentando de tamanho até virar um bueiro, desses de rua. A barata começou a descer pela boca-de-lobo mais próxima e a sair balançando sua cauda de peixe, como se estivesse percorrendo os subsolos do metrô. Eu senti o cheiro de Paris, sabe? No dia em que visitei o túmulo de Julio Cortázar e acendi um cigarro em sua homenagem. Sentada no meio-fio, olhando para essa pequena fotografia que alguém colocou por ali, o argentino olhando torto para o mundo, imaginando Maga e Oliveira atravessando a Pont Neuf, contornando a Notre-Dame em direção à rue Dauphine, até passar pela esquina da rue Saint-André des Arts procurando por um disco de Jazz que nunca foi tocado, nunca foi ouvido, talvez nem tenha existido, apenas imaginado, logo ali na rue de L'Ancienne Comédie, tal qual nossa vida. Mas pode ser que eu tenha me confundido com aquela história de uma menina que, fugindo de um suposto estuprador (ainda existem esses noturnos?), escorregou na frente do Passeio Público e foi parar do outro lado, atrás do Shopping Mueller. Simplesmente saiu de lá com as roupas rasgadas, cabelo cortado pela metade e uma cara de assustada, o fotógrafo da Tribuna estava à sua espera na mesma hora em que ela colocou os dedos para fora, como se tivessem combinado.

A barata tinha o rosto dessa menina que, por sua vez, tinha o rosto de meu pai.

Mas o banho não foi suficiente para limpar as estrelas no canto dos olhos (apenas em linha reta, fulminante, um tiro certo), as aleluias que caem das árvores da praça Osório eram cada vez em maior número, os tábanos mais pesados, a íris mais vermelha. Alguém me disse que eu tinha que me limpar: dentro das pálpebras? Não, senhora, no cantinho do lábio aqui, ó. Distraída comendo meu sanduíche que nem percebi que errei a boca, o garfo passou roçando a língua. Difícil de aceitar que teria que pedir para alguém fazer aviãozinho com o garfo, como meu pai no berço, na cadeirinha alta colocada na ponta da mesa, ou no restaurante quando íamos em família, quando tínhamos família, quando tínhamos. Até me coloquei em outro lugar: sentada frente-a-frente com ele. Eu sou ele. Ele sou eu. Não acredito que ela errou a boca, pensa ele, eu, no caso. Sim, ela errou a boca. O molho parou ao lado do lábio inferior, olhou ele, eu. Devo dizer que tem uma casca de feijão preto no meio de seus dentes da frente?, pensei. Ou simplesmente ignoro e finjo que nada aconteceu, apenas esconder a poeira debaixo do capacho da entrada?

Só quando dói, assim não tem como ignorar. É como se a dor física trouxesse a realidade para minha frente, clara, sem obstáculos. Um dedo cortado por semana, os cacos de vidro espalhados nos buracos da cozinha, por cima da mesa, atrás das louças. Difícil saber quando eles estão por ali, a mesma cor do mármore da pia e do vidro. As gotas de sangue vão alimentando o caminho até o banheiro, mas só as vejo quando meu gatinho chega lambendo os beiços. Vermelhos. Esbarro no copo, eles dão uma volta sobre o próprio eixo, titubeiam até cair. Espatifam-se no chão, como uma bofetada no meu rosto dizendo: o que está fazendo, minha senhora?

Quase atropelada pela bicicleta. O cavalo pisa em seus pés, por pouco deu tempo de perceber, pelo cheiro do esterco, mas não sabia dizer se estava longe ou perto. Quase perto, quase longe. Mas as estrelas cada vez mais intensas ao redor dos olhos, já sem poder contá-las, quase infinitas. Uma chuva de aleluias para todos os lados. O ônibus Ligeirinho arrancou fininha do meu nariz, disseram, minha senhora, faltou isso aqui, ó, para arrebentar seu nariz, dizia o menino ainda assustado, catando sua mochila que voou longe quando me viu beijando o chão. Acho que foram os óculos, tentei me justificar: sabe quando você anda nas nuvens? Pisa como se fosse em algodão (doce e salgado), subindo e descendo, sem equilíbrio. Não sei andar com essas lunetas, escorrego. E sinto vontade de vomitar, basta colocá-los e sacudir o corpo que a comida volta. Uma vez deixei uma fatia inteira de tomate na janela do coletivo, foi assim incrível, saiu voando da minha boca, sem que eu ao menos percebesse, alguém gritou com nojo de mim, imagine você, com nojo de mim, uma mulher limpa, mãe de tantos filhos, esposa dedicada, mas que caminha com as aleluias ao invés das cores. E nem estava navegando, de barco é ainda pior, com ou sem óculos. Até tentei trocar de armação, de lente, mas as pessoas continuavam pensando que eu andava como se estivesse em cima de uma perna-de-pau. Uma palhaça, com a boca suja de molho vermelho, uma casca de feijão preto entre os dentes da frente. Só faltou uma pequena bola pendurada na ponta do nariz.

Os sapatos maiores que os pés eu já tinha.

Se eu perdi a capacidade de contar estrelas, aprendi a escutar as palavras. Dentro da biblioteca, ao lado da sala, embaixo do colchão de molas. Os livros ficaram brancos, quase fosforescentes, as linhas não existem mais. Tão claro que chega a pegar fogo. Como no dia em que subi em um monte de livros, colocados um por um de forma aleatória até encostar no teto (talvez porque eu quisesse alcançar algum título escondido há anos na prateleira de cima), de modo a alcançar a lâmpada (guiada pelo calor) que, ao invés de simplesmente acesa, estava pegando fogo. Segurei os livros com uma das mãos e senti o calor queimando a manga da minha blusa de lã, espalhando-se rapidamente para os cabelos, enquanto eu virava o rosto para o outro lado. No meio dos livros tinha uma coluna profunda, com a qual relaciono ao dia em que, subindo uma montanha, fui enganada por uma pedrinha que saiu do lugar e abriu uma enorme fenda. Por sorte, pensei rápido e pude colocar o picolé entre uma borda e outra. Acho que fiquei assim naquela posição para sempre. Da mesma forma que fiquei estendida nessa biblioteca por horas, até ser salva por uma borboleta.

Sim, foi talvez a última imagem inteira que vi, com os cantos e o meio. Mas não tenho certeza. Se a vida fosse assim de fácil definição eu diria: sem dúvida nenhuma, meu caro, a última imagem que vi foi a de uma borboleta amarela sobrevoando – como um caça de guerra – um campo repleto de flores de alumínio, brilhantes, em busca de alimentos, néctar e um lugar para pousar e descansar suas asas. Mas a vida é como o próprio voo da borboleta, não é mesmo? Passamos pela avenida em ziguezague, às vezes nem passamos, apenas nos assustamos em desconexão, ou viramos a esquina antes da hora. Depois da hora, jamais. As flores por onde passam as borboletas nem sempre são brilhantes, nem sempre são flores, nem sempre cheiram alumínio. A borboleta estava ali, disso eu tenho certeza. Só não sei se era uma borboleta sozinha ou misturada com árvores, aleluias, céu, nuvens, pessoas, ar, vento. Pode ser que sim, porque a imagem foi diminuindo conforme eu me aproximava do meio da praça. Curitiba nunca me pareceu tão pequena. Como se alguém tivesse tirado uma fotografia olhando para meus olhos, com o flash intenso ligado. Quando fechei os olhos, tentando evitar que um cisco (desses que teimam em entrar pelos cílios de cima) caísse neles, fotografei a borboleta amarela. Mas, tão logo ficou como tatuagem nas retinas, suas asas começaram a se despedaçar e se transformaram em dezenas, centenas, milhares de aleluias que nunca mais saíram de mim. Estão sempre ao meu redor soltando esse pozinho que, se você se esquece de lavar as mãos, pode cegar.

***

Eu sei que pode ser um rato. Conheço o barulhinho que eles fazem com a boca, como se estivessem lambendo as próprias unhas depois de rasparem as tábuas do chão da sala. Esse aqui passa por mim como se dissesse: fique aí mesmo, minha senhora, não se mexa. Realmente não saio do lugar. Para onde iria? Uma volta pela praça tropeçando nos paralelepípedos soltos, sujando a barra da calça branca depois de um dia de chuva (e todos os dias são dias de chuva), caindo de joelhos em cima da pedrinha mais pontiaguda da calçada? Ou seria melhor uma volta correndo por alguns quarteirões de meu bairro, 5km, 10km, 20km treinando para uma maratona de cegos, mudos, surdos e mutilados? Não acha melhor que eu pule na piscina mais próxima, seja queimada pelo cloro e pelos sais que matam as bactérias e grudam em nossa pele como água-viva? Acredita mesmo que eu possa pegar uma armadilha para caçar ratos, colocar um pedaço de queijo e deixar no buraquinho da parede esperando até que você passe por mim faminto, correndo, nadando e voando em direção ao queijo (uma massa de sal, leite e iogurte azedo) encaixado em um pequeno arame? É isso que você acha? Claro que não, meu caro, ficarei sentada aqui, nessa poltrona sem me mexer, como estou há anos, desde que as estrelas começaram a ficar cada vez mais fortes, matando a borboleta amarela desmantelada em pequenas asas que viraram aleluias espalhadas por tudo. De tantas e tão brilhantes que acabaram deixando tudo apagado ao meu redor.

***

Mas eu sei que esse rato está comendo um barbante esquecido no rodapé atrás das cortinas desde quando eu engatinhava por esse chão. E, lentamente, vai mastigando, mastigando, até não mais.

Cittadino di un bel niente

Antonio, conhecido como Huella, levanta a cabeça o mais alto possível, a fim de encontrar o ar, ainda rarefeito, mas só alcança o cheiro forte da comida azeda que sai dos sacos mal fechados: vinagre derramado entre o espaguete mastigado, a casca de banana enrolada na carne desfiada e devolvida à mesa, borra de café por cima de dois pedaços de batata esquecidos embaixo da alface, uma metade de melancia servindo de suporte para uma fralda carregada. Uma antena de televisão quebrada.

As mãos cortadas tantas e tantas vezes, debaixo da luva pesada, rasgada na ponta do dedo indicador. Tenho que pedir novas luvas, pensa ele. Como as pessoas acham que esses cacos somem da vista de todos? Será que não imaginam que alguém precisa coletá-los, colocá-los em um outro recipiente, levá-los até o caminhão para que sejam triturados? Não é possível que alguém pense que basta deixá-los no lixo de casa para que tudo desapareça, assim como nada acontecesse. O que não está próximo da vista não existe. O senhor desce de pijamas de seu apartamento, um lance de escada, deixando um rastro do caldo escuro que pinga do fundo do saco de supermercado rasgado. O cheiro fica pelo corredor, mesmo quando ele joga o pacote dentro do latão e fecha a porta do quartinho. Medo da mariposa grudada em cima da janela. De volta ao apartamento, fecha a porta em uma pancada.

Huella pisca os olhos cansados, escorrendo suor pelas bochechas magras, quase cavadas em seu rosto. Puxa o ar novamente, agora apoiado com uma das mãos no muro do quintal vizinho. Olha para frente e perde a conta de quantos degraus ainda precisa subir para chegar ao ponto mais alto da rua. Aguenta apenas uma única vez, por isso o sobrepeso nas costas. Antes de parar, a sacola de lona de caminhão deixada junto aos pés, os 40 quilos maltratam, a cada segundo um pouco mais, até ficarem tão pesados que começam a afundar o asfalto por onde passa. Cada gesto uma marca, ainda maior que a anterior. Por isso o chamam Huella. Se o cansaço for insuportável, eu me deito em um desses buracos por uns minutinhos, pensa ele: deixo a grama crescer, planto umas árvores dessas frondosas que ficam na beira da praia fazendo sombra, deixo uma canção lenta ao fundo e tento dormir. Só um segundo.

Ainda guarda a sensação daquela semana em que tudo parou. Os sacos de lixo acumulado nas esquinas de todas as províncias do país, pelos cerros, jogadas no deserto, flutuando pelo mar, lado a lado: papel higiênico usado com baratas e ratos, flores murchas entre folhas ainda verdes. Cada dia mais difícil para as pessoas abrirem as portas de suas casas a fim de irem trabalhar, esbarrando-se nos acúmulos malcheirosos que impediam a passagem. Os cachorros de rua, os únicos que se divertem: pulam entre os sacos azuis, focinham até rompê-los, abocanhando um pedaço de carne e se jogando uns contra os outros, como brincassem no paraíso. Huella estava ao lado de Pedro quando o amigo colocou a mão no olho direito, apertando com toda a força e urrando de dor. O sangue começou a escorrer pelos dedos, molhando sua camisa. Que horror, pensou Huella. Não entendia o que, de fato, havia acontecido. Todos começaram a correr, cada um para um lado. Como se alguém tivesse pisado no meio da fila de formigas e elas começassem a andar desnorteadas sem acharem o caminho do açúcar. Era tiro de borracha para cima e para baixo, nas pernas, nas cabeças. Matias foi atingido embaixo do joelho esquerdo. Huella na barriga.

Ficamos combinados assim: aumentamos os salários. Um máximo de horas por semana. Sempre de dois em dois, três em três, nunca sozinhos. Jamais um peso superior a 20 quilos, mesmo que tenham que flutuar por horas até pegarem todos os cacos. Podem ter uma família, filhos (no máximo dois), casa só se for de pau-a-pique. Comida farta na mesa, podem escolher o que quiserem. Com a bebida, a mesma coisa. Importante: tentem não atrapalhar a passagem dos carros nas ruas. Para tanto, usem um caminhão menor, desses que não trituram, só compactam. Cuidado com as mãos por baixo das luvas, sempre lavadas e prontas para o uso. Troquem de roupa a cada mês, não precisa lavá-las, elas são autoimunes. Vocês não.

Pedro abaixa-se junto a Huella para ver se ele ainda respira normalmente. Livra-se do acúmulo de saliva com o café da manhã e esfrega a boca com a manga da camisa do amigo. Não pode carregar por dois. Seria perto de 80kg, uma pessoa. Como no dia em que precisou colocá-lo nas costas e descer aquele cerro como um louco, nem sinal de cansaço, apenas boca fechada, respiração presa e pernas anestesiadas. Pedro o encontrou caído na escadaria, um cachorro lambendo o rosto que não se mexia. Parecia não conseguir alcançar o ar. Um mês inteirinho no hospital, coração seminovo. Visitas apenas de Pedro e Matias.

O médico disse que teria que cuidar com o peso nas costas. Talvez fosse melhor subir os cerros com mais cuidado, pensou Huella. Deixar de subi-los não seria uma opção, responde. Uma carga humana atrás da outra. Huella entendeu que ficaria manco de quadril e coração, assim, sem volta. Arrebentado. Lamentou-se com Matias que o abraçou, torto de uma perna. Não se pode andar sem dor, qualquer que seja. Até mesmo as inventadas, aquelas que ninguém nunca ouviu falar, outras que são escondidas de nós mesmos e, sobretudo, aquelas que somente uma única pessoa sente. Já sentiu uma dor coletiva, doutor?, perguntou Huella. Não se esqueça de que as roupas estão infectadas, devem ser evitadas, sim, meu caro? Por isso, sempre que chego em casa, eu as coloco para secar em cima da minha cama, com a janela aberta. O problema é que o lençol fica molhado de suor, cheirando mal e como se tivesse 40kg dentro do saco de lona de caminhão, doutor, diz Huella. Mas durmo bem, quando não tenho dor. Sonho que estou em uma montanha russa: certa vez fui ao parque de diversões com minha mãe, tantos anos atrás que não tenho ideia se realmente aconteceu ou se inventei essa lembrança, mas sei que chorei quando me disseram que a montanha-russa estava quebrada. Não adiantou me mostrarem o carrossel, pois girava, girava e continuava chorando. Saiu tanta lágrima que aos poucos foi surgindo um pequeno lago ao lado da roda-gigante. Mesmo com receio e medo, aproximei-me da beira desse idílio, que a essa altura já se parecia mais com um rio, tamanha a força da correnteza. Coloquei cuidadosamente os pés na água gelada, ainda apoiando as mãos nas pedras da margem, calculando o que eu deveria fazer caso desse errado e fosse puxado para o fundo, que, de certa forma, transforma-se em mar, devido às ondas que margeiam a areia. Uma vontade enorme de urinar, de continuar chorando, de gritar que eu ainda queria subir na montanha-russa, mesmo que estivesse quebrada, quem se importa? Desde então, sempre penso na sensação de estar em um carrinho sem controle, subindo e descendo, com os braços para cima, como se estivesse me preparando para ser carregado pelas nuvens. Borboletas no estômago, sorriso amarelo, pensou Huella.

No espelho, a barba por fazer, as costas arqueadas alcançando o sabonete de glicerina para passar no rosto e usar a navalha. Alguém lhe perguntou no metrô se queria se sentar. Assento prioritário, maior de 60 anos, mas ainda nem chegou aos 45. Os buracos do rosto, caminho de terra e de sal, acumula desde os 16 anos, quando começou a ter cabelos brancos. Carregava sacos de algodão pelos cerros, pela manhã até o sol se pôr. De tão leves, tinha que cuidar para que o vento liso do Monte San Cristóbal não o levasse para as nuvens, como aconteceu com alguns de seus amigos, desaparecidos até hoje, enterrados embaixo de árvores de Calafate, possivelmente, ao lado do Lago Argentino. Alguém os procurou por tudo, chutando pedras do meio do caminho para ver se não estavam escondidos embaixo delas, amassados pelo tempo. Nunca mais voltaram. Esse medo Huella guardou para sempre. Para que tanta água assim pelo ralo, se amanhã vou me sujar novamente? Analisa Huella, olhando para seu corpo enrugado há tantas horas embaixo do chuveiro. Deixa a roupa pronta para ser usada na manhã seguinte, ajeitada para entrar com as pernas de ponta-cabeça, com cuidado para não machucar as costas.

Matias se aproxima de Pedro e pergunta se Huella estava bem. Com o olho que não tem, Pedro responde que acha que sim. Sempre achamos algo. Nunca temos certeza de nada. Não é verdade, doutor?, pergunta Huella. Achamos que essa caixinha de música fosse de alguma criança que ainda escuta essa melodia. A bailarina roda a saia, ponta dos pés ao redor do próprio corpo, sem cair, sem se cansar, rodopia, rodopia com a cabeça apontada para cima, os cabelos bem presos, os dedos dos pés esticados ao extremo. A música lentamente vai diminuindo de volume e velocidade até se calar, esperando que alguém dê corda novamente. Matias segura a caixinha aos pedaços, enquanto Pedro vasculha no saco azul se encontra as outras partes da peça. Huella parece ter visto algo: a tampa, a corda, o sapato da bailarina, o pedaço de metal com o desenho das notas musicais. Eles colocam a caixinha no parapeito de uma janela e procuram por um pano que pudessem estender em um dos degraus da escadaria. Não importa, Pedro, podemos colocar a caixinha em cima desse buraco e fica tudo perfeito. Assim, um pedaço de toalha amarela enrolada junto a uma caixa de pizza suja de molho de tomate ressecado foi ajeitada no penúltimo degrau, antes do fim da escadaria. Dessa forma, cobriram o rasgo com a caixinha de música, ajeitaram as pontas – ainda que dobradas para baixo e para os lados – da toalha e colocaram alguns sacos plásticos cheios para que o vento não desarrumasse tudo. Do outro lado de onde estavam, Matias bate o pé da perna-não-manca para expulsar um cachorro que devora uma espécie de massa ensopada com um líquido que não pôde identificar, talvez restos da fritura da casa de alguém, ou o molho da salada que fica embaixo da tigela, talvez leite azedo. Todo o conteúdo desse saco já estava pelo chão, então ficou fácil para ele encontrar o que queria, ou o que achava que pudesse fazer sentido: guardanapos de papel usado, uma tigelinha com um pouco de geleia (pode ser que sejam fungos), um prato quebrado em vários pedaços (todos colocados em uma outra sacolinha), que foi distribuído em três partes iguais, uma bacia. Tudo devidamente ajustado por cima da toalha amarela. Huella, que ainda se recupera da falta de ar, estica a mão para abrir uma outra parte do saco que carregava minutos atrás: uma garrafa de vinho vazia e pedaços de taças de cristal.

De onde estão, enxergam parte das cordilheiras de um lado e do mar do outro e podem ver o exato momento em que os montes e cerros que bordeiam a cidade vão se desmanchando, um por um, enterrando as casas, as ruas, as pessoas, exatamente no ponto em que o sal se encontra com o deserto: a água deixa de ser água e o pó deixa de ser pó: lama.

Huella propõe um brinde: um brinde ao privilégio, grita com felicidade enquanto abraça Pedro e Matias.

Por sorte, mais comida, eles trouxeram de casa.

Pluma

Confesso que estava ficando cada vez mais tenso com aquela situação. Passamos pela entrada principal e prosseguimos até um pequeno corredor que liga uma parte do shopping à outra. Meu amigo parou para conversar com uns desconhecidos, como se nada tivesse acontecido. Você pode ir sozinho até o hotel que eu já te encontro lá, disse com tranquilidade. Temos um quarto juntos ou você fez duas reservas?, eu queria saber. Naturalmente que ficaremos em quartos separados, meu caro, ou você quer dormir comigo na mesma cama, sabe que eu adoraria, não é mesmo?, disse Luan provocativo. Imagina o que poderíamos fazer durante à noite, hein?, continua.

Às vezes tenho a sensação de que algumas pessoas vivem em outros planetas, desses rodeados por seres que procuram por flores de alumínio na floresta de gnomos. Sim, tenho a consciência de que quem vive em um mundo paralelo sou eu mesmo. Por que sou o único que me preocupa com o que está acontecendo? Como fica a minha cabeça, quando quer ter a consciência de todas as ações imprevistas das pessoas que estão à minha volta? Controlar o tempo. Que vontade de poder pular sobre os ponteiros que marcam as horas e os minutos e segurá-los para que não saiam do lugar, quem sabe até colocá-los para trás, respirando ao contrário e sair andando de ponta-cabeça, como faz a menina na piscina do clube social, plantando bananeira com as mãos. Quem vive nesse planeta diferente? Nesse mundo que não existe, sem ao menos olhar nos olhos. Já experimentou conversar com alguém que fica girando os olhos enquanto fala com você? Dessas pessoas que não mexem a cabeça, mas rodam os brancos dos olhos para todas as direções, inclusive algumas têm o controle absoluto de rodar o olho direito para a esquerda enquanto o olho esquerdo desaba para a direita. Tem ainda aqueles que olham para você com o queixo apontado em riste, a cabeça arqueada para baixo, os cabelos soltos batendo no meio das costas. O corpo virado de lado, como quem já estivesse pronto para ir embora, mas ainda conversando com o amigo. O mundo em chamas ao lado. Alguém me disse: em 20 anos, os belos carros estacionados nas ruas serão queimados, derretidos, jogados na lata de lixo, triturados e comidos por pessoas passando fome. Outros farão origamis perpendiculares com o alumínio e venderão aos terraplanistas, já que estes sabem que a terra é plana, ou seja, não tem perigo de escorregarem da mesa, a não ser que estejam em alto-mar.

O hotel fica no piso subterrâneo do shopping. O único disponível. Todos os outros já viraram pó, areia e estão misturados com a água do mar. Tento ignorar o último comentário do Luan e continuo pelo corredor. A bolsa tiracolo que carrego está com o peso do mundo: tudo que me sobrou está ali dentro, nada mais. Lamento apenas ter deixado a fotografia para trás. A lembrança é frágil. As cores da casa eram bege com laranja ou branca com vermelha? A árvore que ficava no quintal dos fundos era um pinheiro ou uma cerejeira? (Talvez nem tivesse quintal. Não morava em um apartamento?) O cachorro que tínhamos chamava-se Leon ou Yuri? Quando dei meu primeiro beijo (Vanessa, quem sabe?) na frente da escola, realmente mordi seus lábios a ponto de arrancar pedaços ou isso veio do sonho que tive durante a noite seguinte? Tenho a sensação de que esse dia nem aconteceu, mas não sei se isso é uma lembrança de algo que imaginei ou uma lembrança de algo que se passou. E como seria a lembrança dela, caso tenha, de fato, acontecido? Será que não guarda esse dia que nem aconteceu? Se ao menos eu tivesse a fotografia.

Na manhã em que saí correndo, consegui abrir essa maleta e fui colocando o que precisava, nada mais. Primeiro tive que tirar o ar que estava tumultuando o espaço, passei um pano para me livrar do pó acumulado e a fui enchendo de vazios, até ficar completamente entupida. E agora, passando pelos corredores desse shopping, tentando achar o hotel em que me hospedarei com o Luan, a maleta vira uma bagagem de chumbo. Mas sei que tenho que seguir, eles estão por todas as partes. Talvez já tenham visto que estamos aqui dentro, em frente a essa loja. Quem sabe, então, aguardam na recepção do hotel, dentro do quarto ou ainda, o que seria pior, debaixo da cama? Você tem ideia do que isso significa? E não estou me referindo à fã do Paul McCartney que o esperava embaixo da cama depois do show.

Quando tinha dificuldades para dormir – fazia birra? Tinha dor de dente? Queria assistir televisão até as formiguinhas aparecerem? Medo do quadro que minha avó pendurava na sala do pensionato, aquele com o rosto de um menino loiro que me acompanhava com os olhos para todos os lados quando passava na sua frente? – minha mãe contava que a "Cuca vem pegar". Terrível, saiba disso. Até hoje me faz acreditar que nunca estou sozinho à noite. Preciso me cobrir com um edredom pesado (dos pés à cabeça), respirar dentro, mesmo com as flatulências (ainda que tenha comido feijão preto), porque com a cabeça descoberta, seria uma presa fácil para a Cuca. Sei que ela mora debaixo da minha cama, eu dizia para minha mãe, mas pode deixar que fico quietinho aqui embaixo. Ainda hoje, nem me mexo.

Precisei soltar a maleta no chão e comecei a arrastá-la até o primeiro lance da escada rolante. Alguém me apontava a direção do hotel como sendo para baixo. Olhei para ver se o Luan estava me acompanhando, mas obviamente ele resolveu ficar pelo caminho, fazendo o quê?, não sei. Sim, eu sei que tudo é muito relativo: ele ficou no meio do caminho? Ou sou eu quem estou no meio do caminho? Basta olhar para os lados possíveis, não é mesmo? Mas alguém precisa dizer a verdade, não acham? Sim, a pancada foi forte, mas forte para quem quiser acreditar que tenha sido forte. E se eu digo que a pancada foi relativamente fraca? Foi certeira, isso sim, já que não deu nem tempo de reação, mas, forte? Eu quero acreditar que não tenha sido tão forte, mas eles estão afirmando que sim, foi. Ainda tem as marcas do dedo no pescoço, não vê? Aperto com muita raiva? Será que minha imaginação está novamente tentando pregar uma peça em mim? Lembro do que fiz? Fiz o que me lembro que fiz? Ou ainda, realmente fiz algo? O Luan está no final do caminho, e não no meio do caminho. Eu estou no início, e não no final. Ou nada disso é assim mesmo e estamos todos rodando, rodando sem rumo? Em órbita. (Nesse caso, se é que realmente existe uma órbita, talvez seja uma invenção de alguns punhados de pessoas).

Eu tenho que olhar para todos os lados, não sei de onde vem a rede. Mas ainda sigo para a recepção do hotel. Alguém me esperava com as chaves. O quarto fica no 12º andar da avenida Silva Jardim, diz o atendente em um alemão que mais parecia polonês. Não entendi por que ele falou comigo nessa língua se estamos em Curitiba, no Shopping Curitiba, esquina com a rua Curitiba. Um dos ajudantes de Papai Noel tenta tirar minha maleta do chão, mas consegue deslocar os ombros e ela nem se moveu. Resolvi deixar por ali mesmo, já que ninguém iria conseguir removê-la e só eu tenho a chave do cadeado que a prende. No dia seguinte, depois que tudo estivesse esclarecido, poderei voltar para a recepção a fim de buscar a maleta, estarei descansado e não será difícil de levá-la para o quarto. Até lá, o Luan estará de volta e poderá me ajudar. Decido subir para o quarto realmente sem levar nada, apenas precisava de um banho e cama. Ainda estava com as mãos sujas de graxa: tanto que quando abri a porta do quarto, a cama estava posicionada em uma oficina mecânica. Eu sentia a aproximação de alguém cada vez mais próximo de meus ombros. Tensa a situação. Poderia jurar que escutava o roçar de sua barba malfeita em meu pescoço e um som rouco que vinha de sua garganta aberta por um tubo que o ajudava a respirar. Empurrei a porta do carro com toda a força para poder entrar no banco do passageiro e a tranquei por dentro. No banco de trás do carro, eu poderia jurar que estava vendo uma cama de hospital vazia, apenas com a marca de alguém deitado por cima de um lençol. Alguns tubos largados ao lado de um banco, um saco de soro ainda pingando o líquido no colchão. Uma enfermeira entra no quarto para apagar a luz dizendo que estava na hora de dormir. Naquele momento, fiquei sem saber o que pensar. Procurei no porta-luvas, embaixo do banco, atrás do volante, dentro do retrovisor, por tudo, se alguém havia esquecido algum edredom para que eu pudesse me cobrir. Não teria como fechar os olhos e pegar no sono dessa forma.

Ao invés da Cuca, percebi que um cachorro começou a rodear o carro. Talvez fosse um gato, não tinha muita certeza. Além de que todas as vezes que me virava para ver se o animal estava do outro lado, parecia que eram bichos diferentes. Quem sabe mais de um? Uma alcateia, pode ser? Mas os lobos não são solitários? Era só o que eu queria: silêncio, nada de perturbação. Ficar sozinho no chão do meu apartamento, deitado entre os livros, embaixo do sofá, sem escutar o respirar das pessoas, sem saber se o menino que morava no andar acima do meu tem problemas psicológicos (quem não os tem?), urina na calça ou se transa com a namorada todos os dias das 21h às 21h15. Talvez sejam seus pais que se encostam por 15 minutos diariamente: ele abaixa as calças, segura a cabeça da mulher e a empurra para ajudá-lo (sem essa ajuda, nem por reza brava), ela pede que seja assim (antes que você pense algo. Tudo tem que ser explicado hoje em dia, não?), quando está no ponto, ele a penetra, uma estocada, duas e meia. Só ele grita. Antes de terminar, ela veste um consolo e inverte os papéis. O choro da vizinha de baixo que, pela primeira vez em mais de 50 anos de casamento, toma café da manhã sozinha, esperando o marido voltar do coma induzido, assim me disse a zeladora. Esse choro me incomoda, ainda mais quando vem junto com o volume insuportável dessas músicas religiosas que ela escuta.

Começou a esquentar dentro do carro. Eu não posso pensar em abrir as janelas, porque os bichos estão rodeando o carro (já tinha até urubus parados no teto). Talvez se eu tentasse me sentar no banco do motorista. Tento ligar o motor com o dedo. Do outro lado da oficina, Luan passa calmamente chupando um sorvete. Ele finge que não me vê e continua até virar a esquina.

Eu me esgoelei chamando por ele de dentro do carro, mas só consigo ficar rouco e um pouco surdo de tão alto que gritei.

O que me chama a atenção é que a voz que escuto de dentro do carro não é a minha. Parece ser a mesma desse homem (pode ser uma mulher, não me lembro) deitado na cama do hospital, aqui no banco de trás do carro. Quando eu me virei para chamar o Luan, vi que esse senhor estava no quarto. Como a luz estava apagada, ele não se lembrou da cadeira colocada no pé da cama e tropeçou nela. Nisso, eu me virei e vi que estava tentando se entubar novamente. Ele gritava para que eu o ajudasse. Mas o que eu fiz foi tirar o tubo da máquina: estava falando muito alto e isso me incomodava. Mas isso era hora e lugar para o trem ficar parado? Uma vaca atravessada nos trilhos, o sinal piscando em vermelho (pintado na parede da sala) e o apito incessante, a cada pulso, 10 segundos. Quando fechei os olhos, já estava em cima dele, uma pancada, os dedos no pescoço e não ouvi mais o trem. Ainda o caminhão da construção da frente recolhendo as caçambas. Depois, só o tempo de achar a maleta.

Mas não foi tão forte assim, como dizem! Disso eu tenho certeza. Veja, ele até teve tempo de ir para o hospital (deve ter ido andando, porque o sangue ficou marcado pela calçada, nas pedrinhas ao lado do trilho, no meio da rua até a entrada do pronto-socorro). As marcas no pescoço, não fui eu quem fiz, foi o Luan. Mas ele não admite, eu sei disso. Fica aí passeando com esse gato amarrado na coleira: para cima e para baixo. Não tem mais nada de bom a fazer?, pergunto ao amigo que passa pelo retrovisor do carro nesse momento. Ele só ri, olha de soslaio e continua a rodopiar, fica andando em círculos. Mesmo sabendo que não está me escutando, eu insisto em pedir que ele me ajude: fale com os urubus, por favor, estou ficando com calor aqui dentro e sem ar para respirar, grito de dentro do carro.

A situação está realmente tensa. Pensei que se eu pudesse abaixar o banco traseiro do carro, puxar o ar para dentro, de modo a fazer minha barriga desaparecer entre as costelas, encolher o pescoço e levantar os braços, talvez pudesse sair pelo porta-malas. Olho com cuidado para trás, a fim de medir o espaço que tenho e como devo usar minha força para pular, quando sinto um baque que vem de cima, como se alguém acertasse com um pedaço de ferro o capô do carro. Sem pensar muito na situação, apenas prendendo a respiração, me viro para baixo do banco e mergulho para fora do carro. Continuo correndo até o portão da oficina. Mas ao invés da rua, encontro um lance de escada em forma de caracol. Minha única escapatória. Começo a subir os degraus correndo, sentindo que eles vêm atrás de mim: engulo o vento, o bafo. Luan está em cima, me acenando para que eu possa ver a direção. Ele estende os braços para que eu consiga me apoiar, ganhar impulso e me livrar da escada. Em um movimento calculado, ele aperta forte minha mão, abre espaço para eu passar entre suas pernas e me solta.

***

Sabe quando você acorda assustado, como se tivesse caído do céu, e percebe que estava sonhando? Minha mãe dizia que isso acontecia quando começamos a contar as ovelhas pulando as nuvens e, sem querer, acompanhamos os saltos e perdemos o equilíbrio até cairmos na cama. Mas dessa vez não tinha colchão: o som seco, os órgãos internos revirados para todos os lados, ainda que, dependendo de onde você vê, uns pedaços tenham ficado para o lado de fora, ou esmagados internamente, a pressão sanguínea diminuindo e o bip da máquina de frequência cardíaca desaparecendo lentamente, até a linha ficar na vertical. Pode ter sido uma pancada forte como dizem, mas não tenho certeza, acho que foi como uma pluma.

***

Tentando esconder as mãos sujas de graxa, as pernas bambas e a respiração ofegante, Luan olha para o policial que se aproxima. Olha, senhor, parecia um saco de batata, disse para a autoridade.

A vida não tem sentido. Qual o sentido?, pergunta Luan.

Colorir e descolorir

(Para Jonatan Silva.
Basta ressonhar, mon ami, toujours)

Et pourtant, sous cette couche épaisse d'amnésie, on sentait
bien quelque chose, de temps en temps, un écho lointain, étouffé,
mais on aurait été incapable de dire quoi, précisément
(Patrick Modiano, **Dora Bruder**, 1997)

Ainda assim existiria uma possibilidade.

Ou talvez eu estivesse enganado. A verdade é que eu não estava enxergando nada (ou quase nada, não tenho muita certeza) a um palmo dos olhos. Deve ter sido logo após olhar para baixo e ver o reflexo do sol batendo na lataria de um carro. O vidro da janela pode ter intensificado o prisma. Mas ao invés de colorir, esbranquiçou. Fulminante. Cega mesmo, nem que por alguns segundos. Tudo ficou fechado como quando encostamos os olhos com as costas das mãos para contar até 50 e sair correndo atrás dos meninos escondidos pelo jardim. Pego no flagra, hein, Matias? Fazendo o que por aí, Batatinha? Jonatan, você deveria levantar essa sua bunda suja antes de tentar entrar debaixo do tronco. Estou te vendo, ô meu. É claro que ninguém pode saber que quando coloquei as costas das mãos nos meus olhos, parte da visão ainda existia. Era só puxar os dedos um pouquinho para os lados, ninguém estava vendo, para poder entrar um pouco de luz e perceber os vultos escapando para todos os lados, pulando, enterrando a cara no chão, pintando o muro, soltando pipa, correndo atrás da bola, pescando lambaris com o pai e o tio, brincando com o cachorro, levando as compras para casa, roubando um pedaço do pão de queijo ainda fresquinho, brincando de casamento-atrás-da-porta e gato-mia no corredor de casa.

Não era exatamente a mesma situação. Claro que não. Dessa vez, além de não ver quase nada, também não ouço. Além do mais, tenho percebido falta de pedaços do meu corpo.

Nunca soube que o silêncio poderia ser tão desconcertante dessa forma, como o sinto agora. Chego a perder o equilíbrio, já que não estou conseguindo me apoiar em nenhuma voz. Ao menos que seja física, como quando passo os domingos na casa de minha avó. Segura a tampa da panela antes de que ela caia do fogão, meu filho! Corra para acudir sua avó aqui com essa frigideira, pequenino. Assim não é possível! Onde está sua mãe, chame ela lá, Mariaaa, onde você está, porca puttana. Mas vó, pare de xingar minha mãe assim! Desculpe, filho, só preciso que ela venha aqui agora me ajudar, pode ir correndo procurar por ela? Ah, menino, não consegue comer sem derrubar molho por tudo? Olha para frente e não beba o suco com os dentes, pelo amor de Deus. Os sons se formavam de tal forma que eu tinha a sensação de que deveria começar a subir os degraus (cada voz que se manifestava fazia com que surgissem andares imaginários), sair correndo, um por um, até tocar o céu, de tão altoooo que falavaaamm naquela casa. Um dia, descobri um segredo: era minha vez de dormir com a bola de couro da turma da rua e, não sei por que cargas d'água, depois de chutá-la por tudo, fui tomar banho e me esqueci de guardá-la embaixo da cama, como sempre fazia nessas ocasiões. Acordei no meio da noite desesperado, porque não tinha ideia de onde ela poderia ter ficado. Cheguei a sonhar que o Matias, o Batatinha e o Jonatan me cercavam ao redor de uma árvore e não me deixavam sair. Queriam saber onde foi parar nossa bola. Eles gritavam tanto que me levantei correndo, passei por baixo das pernas do Batatinha e comecei a procurar por tudo. Até que me dei conta de que a última vez que chutei a bola, ela caiu no porão onde minha mãe guardava os mantimentos. E assim pude ver meu pai mexendo no interruptor para desligar o silêncio da noite e acender todas as luzes e barulhos da casa.

Mas agora, não tenho mais onde me apoiar. Como se tivesse me deparado com um mundo sem ar, nem pressão atmosférica, no qual as pessoas conversam umas com as outras de bico calado, apenas se olhando, virando o rosto em sinal de aprovação ou negação, apontando a direção com o queixo. Posso escutar o suco gástrico digerindo os alimentos em meu estômago, que chegam aos poucos no intestino. Os pés não sobem sozinhos. A frequência sonora baixa me permite ler pensamentos que antes não estavam tão presentes. Talvez eu nem os conhecesse. Como se alguém me apresentasse a um completo desconhecido. Muito prazer, Carlos, eu sou o Carlos, em que posso te ajudar? Não sei, eu tenho medo, talvez. Do que você tem medo? Não sei. Pode me dar um pouco d'água? Para onde foram todos dessa casa? Esse silêncio me faz ter a sensação de carregar um piano nas costas, com as cordas desafinadas. Meu professor de música adora me contar uma história que até hoje não estou seguro se é verdadeira. Só sei que se a intenção dele é me impressionar, conseguiu. E ele a repete sempre que insisto em um trecho difícil da partitura, como se quisesse me dizer que é preciso tocar a tecla com cuidado, com precisão.

Não apoie os cotovelos desse jeito na mesa, olhe a postura, sinta cada nota, não desse jeito, assim, ó. Carlos, você sabia que afinadores de cordas de piano estão entre os que têm as profissões mais mortais do mundo? Imagine a tensão de uma corda *lá* quando estoura. Imagino. Então por que está batendo nessa tecla com tanta força? Assim me sinto no momento: agarrado em meu cobertor, com as costas curvadas, tocando em um piano de brinquedo que não emite nenhum som. E mesmo se dali saísse música, não teria ninguém para ouvi-la. A qualquer momento, essa corda pode arrebentar.

Não teria a menor chance, Carlos.

Talvez isso tenha acontecido e eu nem me lembre. Acho que é isso, realmente. Eu era um afinador de pianos, morava com meus pais em um sobrado no centro de Curitiba e, em um dia normal de trabalho, a corda *lá* (talvez a *ré*) simplesmente se rompeu e uma das partes passou pelo meu pescoço. Foi tudo tão rápido que só deu tempo de recolher minha cabeça do asfalto. Por pouco não dou com uma mulher que estava passando descontraída pela calçada. A bem da verdade, ela não estava tão distraída assim, percebi que tinha a bolsa aberta justo na hora em que morri, como se quisesse que minha cabeça caísse dentro para que ela pudesse me vender no mercado negro de cabeças de afinadores de cordas de piano. Bem, ao menos dessa forma meus miolos não seriam usados pelo Matias, Batatinha e Jonatan como bola de futebol.

O fato é que não sei onde fui parar. Essa porta que acabo de abrir não me leva a lugar nenhum. Tento me lembrar do caminho para meu quarto, do corredor que leva ao jardim, do pé de caqui atrás do muro, da varanda na casa da dona Teresa, da rua de terra atrás da cozinha. Não enxergo bem o que está na minha frente e só escuto o que penso.

Decido virar o corpo para a direita e movimentar as pernas, no ar. Estendo os dois braços para os lados e consigo encostar nas paredes ao mesmo tempo. Parece ser uma passagem estreita. Cobertas de plantas? Talvez fosse apenas um corredor de madeira. O certo é que quanto mais eu ando, mais parado no mesmo lugar eu fico. O movimento das pernas é constante, o suor chega rapidamente, mas não saio do chão. Talvez esteja apenas dando voltas ao redor de uma mesa, ou então chutando uma garrafa que bate no muro, quica no assoalho e volta para mim, como se estivesse jogando squash com os pés. Sem ver, apenas sentindo algo se aproximando. Como você faz isso, meu caro? Ah, não sei não, acho que é intuitivo, um senso de defesa, sabe? Acredito que todos os seres humanos tenham esse *feeling*. Isso é inegável. Ou vai me dizer que quando você tropeça e percebe que cairá, deixa a cara estatelada no asfalto?

Alguma coisa me diz que não importa o lado para onde eu for, chegarei sempre a um único ponto. Ou seja, essa parte do corredor se alonga da mesma forma que a de lá e a de cá. Tanto faz: profundo, sem se movimentar. Talvez, se eu colocasse os dedos nas hélices do ventilador, pode ser que elas parem, nem que eu tenha que perder as pontas dos dedos. Não coloque a mão aí, menino!, grita minha mãe. Só queria testar. E se eu enfiasse um garfo nos buracos da tomada? Peguem um lápis e esfreguem no cabelo com força. Assim, ó. Agora, aproximem o lápis nos pedaços de papel cortados em cima da mesa. Demonstra o professor de ciências.

Estática.

Professor, eu já perdi meus cabelos. Não sei onde foram parar. Não sei se dormi, acordei, morri e desmorri. Talvez esteja nesse não-lugar apenas por alguns segundos. Minutos, horas, dias, milênios. Cada vez que fecho os olhos, perco ainda mais a noção de quanto tempo estou me mexendo sem sair do lugar. Carlos, você precisa pegar a prancha assim, com as duas mãos, colocar essa pontinha ali ó, entre o pescoço e o tórax, sair correndo, bater as pernas como se fosse um peixinho e deixar a onda te empurrar até a areia, entendeu? Mas tia, eu faço isso, e parece que ao invés de ir para frente, vou para trás. Não vê? É impressão sua. A última vez que subiu na onda, estava tão longe da praia, e mesmo assim foi parar aqui pertinho, não se lembra? Quando foi isso, tia? Não consigo saber quando foi a última vez que percebi o tempo passando.

É dia quando eu quero que seja dia, assim como é noite quando tenho vontade de que seja noite.

Tanto faz.

Estou dentro daquela fotografia que tiraram de mim no circo de nome estranho, enquanto os palhaços corriam com os sapatos maiores que os pés. O Batatinha não parava de rir, sentia dores na barriga de tanto que se engraçava quando viu minha foto: sentado no degrau de baixo, com as costas retas, os olhos estatelados, assustados com o flash da câmera. Cego por alguns segundos. Depois, todos riram das fotos do Jonatan e do Matias. Os cabelos arrepiados parecendo que éramos os próprios artistas no centro do picadeiro. O truque era o seguinte: eu tive que entrar em uma caixa de papelão que mal tinha espaço para as minhas pernas. Com um esforço descomunal, me dobrei inteiro para que o Batatinha conseguisse fechar a tampa. Usando um pano vermelho, Matias e Jonatan cobriram a caixa, de modo que a fizeram desaparecer por completo. Começaram, então, a dizer palavras esquisitas, sem sentido nenhum, como se fossem os senhores da situação, donos da verdade. Era preciso mostrar ao respeitável público que eles sabiam o que estavam fazendo. Cara de seriedade, postura íntegra. Até mesmo eu comecei a acreditar que, de alguma forma, conseguiriam fazer com que eu desaparecesse de dentro da caixa para surgir dentro do globo mortal, em cima de uma moto.

Porém, o que aconteceu foi que ao sumir, reapareci grudado em uma roleta gigante no meio do palco e com uma maçã presa em cima da minha cabeça. Os olhos vendados. Mas podia escutar os três decidindo quem atiraria primeiro. Até que o silêncio soou forte. Sabia apenas do coração descompassado e de alguém que tossia constantemente na arquibancada.

Então tive que gritar.

Talvez assim alguém possa me ouvir e vir até aqui abrir essa porta para dizer que simplesmente errei o caminho. É pelo outro lado que eu deveria ter entrado. Qual o seu nome, rapazinho? É Carlos, disse assustado com o semblante perdido. E você veio com quem? Eu estava com minha mãe, por favor, pode me ajudar? Pois, ouvi meu nome pelo alto-falante do supermercado, seu filho a aguarda na recepção, a senhora pode vir buscá-lo aqui conosco. Segundos, minutos, dias intermináveis até que a vi chegar com os braços abertos, os cabelos escorrendo pelo rosto, uma mistura de felicidade imensa e medo porque sabia que ia levar uma bronca por não ter ficado ao seu lado. Onde já se viu, menino?, eu te falei para ficar perto de mim e que prestasse atenção, não falei? Me distraí, quando dei por mim já não sabia mais onde estava.

Mas o grito saiu para dentro, oco. Vazio. Não reverbera pelo espaço, não soa no ar, não tem cor. Continuava no mesmo corredor escuro sem saber para qual lado ir. A casa vazia e sem ninguém para me ouvir. E se eu ficasse parado esperando? Ainda assim existiria uma possibilidade.

Portanto, me sento no chão e deito as costas em uma das paredes do corredor da forma mais desconfortável possível. Decido que deveria inventar um novo dia-a-dia, nem que seja apenas para sentir minha pele se desgrudando do corpo lentamente, os cabelos ficarem cada vez mais ralos e caírem, os ossos diminuírem de tamanho até um desaparecimento completo. Fico sem corpo, sem cor, sem luz e sem espaço.

Só não podem me tirar as lembranças, ainda que incertas. Nem que, para isso, eu tenha que ressonhar tudo outra vez.

Comunhão

O teto chegou a tremer. Parece que o menino se jogou no chão da sala, sem dó, deixando-se cair com a cara voltada para baixo. O nariz deve ter se quebrado, não é possível. Um soco no estômago, seco, que se reverbera pelos vãos gastos do laminado de madeira, cruza a laje e cai no meu colo. Estatelado. Já o imagino levantando-se assustado, alguns segundos sem saber onde está, a palma da mão pressionando o vermelho que escapa pelas unhas sujas de massinha de modelar do trabalho escolar. Ao invés de correr para o banheiro, o menino começa a pular parado no mesmo lugar, exaltado e soltando um lamento agudo para dentro dos meus tímpanos, como se estivesse aqui ao lado abrindo um berreiro sem controle, confundindo-se com o uivo da sua cadelinha correndo desvairada para todos os lados, pulando nas almofadas, arranhando o pé da mesa de jantar, cavando um buraco para esconder o último pedaço do biscoito canino sabor bacon. Talvez pela direção do vento ou pela força que usa na voz, identifico claramente quando esses agudos se transformam em frases carregadas: minha mãe é uma prostituta, tenho ódio dela, nunca mais vou voltar para aquela casa, também não aguento mais morar aqui, você não me respeita, não tenho vontade de olhar para a sua cara de imbecil. É a minha vontade, está entendendo, a minha vontade, ô cara. O nariz continua sangrando?, pergunta o pai, fingindo ignorar o que acabou de ouvir. Mas corta feito faca afiada, uma folha de papel. A mão desce para a boca e as frases começam a ficar abafadas, variam para o grave, voltam para o agudo. Ele continua pulando sem sair do lugar, chuta a cachorrinha que passa por debaixo das suas pernas. O latido de dor chama outros cachorros que parecem surgir de todos os apartamentos. Alguém grita de uma das janelas que vai ligar para a polícia se não pararem com essa algazarra. Porém, são movimentos involuntários, dizem. Que nada, é falta de chegar junto e mostrar como tem que ser, outros arriscam. Ainda acompanhando o movimento do vento, espio pelo buraco onde antes tinha um lustre e imagino que o silêncio depois dos xingamentos tenha se transformado em cochichos. Parece que está contando quantos fios de cabelo estão espalhados pelo chão, quantos riscos tem o azulejo da cozinha ou quantas gotas de sangue caem do seu nariz quebrado por segundo. Um pingo após o outro, que suja a pia do banheiro, para onde ele vai depois de quase tropeçar na cachorrinha. Não chutei nada, eu me desequilibrei, pensa o menino. Seu pai corre para ajudá-lo (ou quem sabe brigar com ele por estar jogando amarelinha na sala de jantar), cuidado com a televisão, seu guri sem-noção, parece que assim esbraveja. O grito se espalhou tanto que novamente desceu a parede e entrou pela janela semiaberta escorrendo para perto de onde eu me sento com o livro escancarado na mesma página há horas, dias, semanas. O barulho veio acompanhado pelo lamento do galo da vizinha da rua de trás. Até o mês passado, ele cantava sempre no mesmo horário, mas de uns dias para cá, perdeu a noção do tempo, já rouco de tanto olhar o céu e apontar para o sol. Se daqui de dentro eu me incomodo, não entendo como essa mulher ainda não o pegou pelo pescoço e o contorceu entre as grades do portão do seu quintal. Faria uma galinhada (com o galo) ao molho cabidela.

Enquanto o menino conta quantos braços precisa para chegar ao outro lado do mundo, o galo cisca a calçada de cimento. Será que além de ter quebrado o nariz, o menino ficou com um galo na testa? Uma enxurrada de lembranças: um galo sozinho não tece a manhã, o galo está solto, Maria, corre para pegá-lo!, o galo vai atrás da galinha, o galo caiu no poço, vou desfilar no galo da madrugada esse ano e depois assistir à missa do galo pela tevê. Galinha é a fêmea do galo. E canta, canta mostrando para quem quer ouvir (e mais ainda para quem não quer) como dominar aquele território (ele quer cantar de galo), mesmo que seja um canto triste, caótico e ensurdecedor, como o motor insuportável dessa máquina de lavar roupas do apartamento da frente que bate a qualquer momento como se nada estivesse acontecendo. Mal consigo passar de uma linha do primeiro parágrafo e lá vem a máquina torcendo e criando redemoinhos dentro da peça de metal (ou de plástico), pegando o sabão em pó e o amaciante do reservatório e jogando tudo para dentro do bueiro. De onde estou, vejo a silhueta de uma mulher passando pela veneziana em direção à área de serviço para segurar a máquina que começa a trepidar. Entretanto, não tenho certeza se o tropeço é por causa do peso das calças e das camisas mergulhadas na água quente ou dos bate-estacas reverberando na construção ao lado. Os pedreiros parecem ter combinado: enquanto um deles descansa de furar tijolos e colar cimento, os outros continuam, até o retorno daquele que estava parado. Como em um avião internacional com três comandantes: o piloto, o copiloto e aquele que dorme dentro do porão do avião (até o momento de total descontrole do plano de voo e a fatalidade da queda). Essa constante troca faz com que meus ouvidos não tenham trégua e já nem sei mais o que os pedreiros estão fazendo, se levantando ou derrubando um novo edifício. (Levantar um novo prédio é derrubar o vazio, dizia o poeta de meia-tigela que circulava pelos bares de Curitiba até esses dias). Sinto enjoo quando escuto as correntes abraçarem as caçambas estacionadas no meio-fio para serem guardadas na carroceria do caminhão. (Desconfio que as correntes serão lançadas ao redor de meu pescoço e serei empurrado em alto mar). Engulo todo o pó levantado pelo veículo. A terra pode não ser vermelha, mas fere a garganta da mesma forma e deixa o desenho da sujeira ao redor dos olhos mesmo depois de lavar o rosto com sabonete líquido: de nada adianta esfregar pano com álcool nas capas dos livros, traço um caminho com os dedos entre a poeira que vem de fora. A trepidação da obra mistura-se com o chacoalhar do teto causado pelos passos displicentes que o menino distribui em toda a extensão do apartamento de cima, incessante, com o nariz virado para cima, evitando que o sangue escorra pelos lábios leporinos. Dona Laura, do apartamento de baixo, também parece estar irritada, pois empurra a porta com toda a força, interrompendo a voz do pastor no radinho de pilhas ligado desde às seis e meia da manhã, justamente quando o maldito pastor estava repetindo pela décima-quinta vez jesus maria josé aleluia em nome do senhor que o sangue do senhor tem poder sai de perto de mim ô satanás dos infernos glória senhor amém aleluia. Os dizeres eram acompanhados do som de teclados que imitam órgãos barrocos e nos dão a sensação de sermos abduzidos para um salão de festas enorme, vazio, frio, com o pé-direito infinito, e dali nos quedamos impossibilitados de sairmos para todo e sempre, enterrados vivos em nome de jesus, aleluia satanás amém senhor cristo todo misericordioso cruz credo aleluia. Tenho vontade de socar a parede para ver se entendem o que quero dizer, mas não saio do lugar, apenas seguro o livro na mesma página e pareço petrificado para todo e sempre, feito os habitantes de Pompeia depois da erupção do Vesúvio. Dona Laura, pelo amor de deus, consegue parar de bater essa toalha no tanque às sete horas da manhã? Não seria possível compartilhar com a nossa vizinha da máquina de lavar? Assim seria uma irritação apenas ao invés de duas ao mesmo tempo. Pois Dona Laura não escuta nem sequer o que o marido diz para ela delicadamente dentro do ouvido. Sempre julguei que não fosse durar mais do que dois dias depois da morte de seu Antônio, setenta anos juntos, diz a zeladora, e foi tudo tão rápido: menos de uma semana e o corpo do pobre homem apodrecendo de dentro para fora. Era no estômago e no intestino, pois, como sabemos, não tem jeito. Mas Dona Laura continua firme e forte com o nosso senhor jesus cristinho e o cheiro de alho. O síndico deveria lançar um decreto impedindo que os vizinhos - que vivem a menos de cinquenta metros de distância uns dos outros - cozinhem com alho, do caralho (não poderia perder a rima). Ainda mais rígido depois das dez horas da noite. Imagino o casal deitado lado a lado, banho tomado, ela preparando-se para tirar a camisola, mas exalando o cheiro do alho que se misturou no feijão do jantar. Talvez o menino de cima possa ajudá-los deixando um pouco de ranho pendurado do nariz quebrado para substituir o alho no tempero do arroz. Vontade de vomitar: inspiro o bafo quente do morador que canta debaixo do chuveiro, como se estivesse no teatro Guaíra exibindo-se para seis mil pessoas. E assim, emenda uma canção na outra e sorri para os demais moradores que cantam junto a ele. Alguns acompanham a cantoria batendo panelas em uníssono atrás das cortinas semifechadas. Os estalos que fazem surtam meus tímpanos, os olhos piscam sem que eu possa controlá-los, as pálpebras ficam pesadas a cada raspada de garfo e os pelos dos braços se enrijecem. Tento me concentrar na leitura desse mesmo parágrafo, mas o teto continua vibrando. Os passos largos do menino estão cada vez mais pesados. Quem sabe ele já tenha enxugado todo o sangue do nariz e voltou a pular amarelinha com as almofadas, desviando-se dos brinquedos espalhados pela sala? Talvez ignore seu pai que há muito está trancado no quarto sem conseguir olhar para o filho. Falta alguém para segurá-lo no colo, responde a zeladora por mensagem de celular. Sabe, continua, o meu vizinho no bairro tinha um filho que também ficava assim andando em círculos o dia inteiro, movimento de pêndulo, mas um dia ele achou que poderia voar. Foi triste. Dessa forma fica difícil, Carmem, pensei, não sei nem o que te responder. Tentei por mensagem de voz, mas uma moto barulhenta cobriu as minhas palavras espremidas entre duas grandes avenidas. Nos dois sentidos, incessantemente em movimento (mesmo quando o sinal está fechado) que só são engolidas pelo apito do trem de carga que passa lentamente a qualquer momento do dia ou da noite (ele também perdeu a noção do tempo e duela com o galo pelo domínio do território). As palavras ficam cada vez mais embaralhadas e tortas. Se estivessem colocadas de forma paralelas como peças de dominó, bastaria um sopro leve para que fossem derrubadas, ziguezagueando pelas linhas dos parágrafos até o ponto final. Desse modo, eu poderia virar a página e seguir o barco. Mas nem o vento consegue flutuar. Respiro fundo e fecho o livro deitando-o em cima da mesinha no centro da sala. De nada adianta todas as janelas trancadas, o frio entra mesmo pelos buracos que não estão visíveis (*l'essentiel est invisible pour les yeux*). Em Curitiba, se alguém quiser se esquentar dentro de casa, basta abrir a porta da geladeira, soltam os comediantes.

Me divirto com essa lembrança e vou até a cozinha. Coloco água na chaleira, acendo o fogo alto e enquanto não atinge o ponto de ebulição de cem graus Celsius (duzentos e doze Fahrenheit; trezentos e setenta e três Kelvin), despejo duas colheres de café no coador e já posiciono a xícara para que o líquido preto caia direto e não perca tanto calor. É exatamente nessa hora do dia em que minha avó sempre teve razão: leve uma blusa, filho, senão vai pegar um resfriado! E começa a chover. Meu mundo ganha uma pequena trégua, os trovões assustam o galo e escondem o apito do trem, os cachorros entram em suas casinhas com os rabos no meio das pernas, o cheiro do alho (e da cebola frita) umedece, as músicas viram pequenas batucadas de gotas caindo sobre os capôs dos carros parados na garagem sem cobertura, os pedreiros desligam os bate-estacas e apagam o motor do caminhão. A moto se afoga dentro do próprio escapamento e Dona Laura corre junto à silhueta da mulher no apartamento da frente para tirar as roupas do varal (caso contrário teriam que bater outra maquinada assim que parasse de chover). Porque é certo que ela vai parar. Isso pode ser um alento e um desespero ao mesmo tempo. Prefiro café sem açúcar, sentir o amargo original da fruta colhida de uma fazenda do Norte do Paraná (essa sim com terra vermelha, suada). Como seria sentar-me à mesa junto aos meus italianos novamente?: todos os tipos de carboidratos, variedades de carnes, salada verdinha, alguém quer suco de uva?, ou preferem de laranja? Meu filho, você está tão magro, deveria comer mais. Quantas vezes por semana está correndo? Não quero que faça outra maratona, achei que fosse te levar ao hospital naquele dia, incrível como você ficou fraco e perdeu muitos quilos. Pode deixar, mãe, sei o que estou fazendo. E todos ririam fartos de tanto comer, lembraríamos da avó Ana colocando mais e mais comida no nosso prato, sem que pedíssemos, só porque ela achava que não tínhamos experimentado de tudo. E seria um tempero carregado, porque a mão da nonna era pesada, mas não teria alho, nem cebola! Como seria?

A água estava quase toda evaporada. Preparo o café e volto para o sofá: ainda sinto o cheiro da chuva. O teto não para de tremer. Não consigo identificar com certeza de onde vem o barulho. As janelas fechadas (para não entrarem os pingos) estão embaçadas com a mudança de temperatura. A fumaça do café sobe e se perde pelas rachaduras das paredes em direção ao apartamento de cima. Parece uma mariposa que gira ao redor da lâmpada tentando se localizar, ou uma libélula em pleno voo descompensada planando sobre a poça d'água que se formou justamente no desenho da amarelinha onde brincava o menino. Podem ser frases que não foram ditas: será que o silêncio de seu pai é porque ele está afagando as costas do menino? Ele o abraça forte, chora de tanta dor acumulada, cuida para que o filho fique sempre ao seu lado, mesmo que pulando o dia inteiro sem se deslocar, batendo a cabeça na quina da parede repetidamente ou dizendo frases capengas (desafinando a voz), desde que não tente sair voando como o vizinho da zeladora.

Se ao menos eu pudesse apagar a luz.

Contos iniciados entre 2018 e 2020, quando o relógio de parede se quebrou, parado em 16h59 min... e terminados em 2022, no momento em que as luzes estavam sendo acesas timidamente, uma por uma por uma...

Notas do autor

Agradecimento especial para minha irmã Juliana Carbonieri Machado e também para Lisa Grohs, Gabriela Silvério, Fabiano Vianna e Jonatan Silva pela leitura corajosa dos contos ainda recém-escritos, assim como pelos comentários sempre pertinentes. Obrigado também ao coletivo de discussões e fofocas literárias "Tudo ruim", que mantém acesa a tradição da/de Boca Maldita em Curitiba.

Agradeço ainda à Manu Marquetti pela revisão e comentários em sua leitura e ao editor desse livro e escritor Thiago Tizzot (Arte e Letra) pela amizade e confiança de tantos anos.

Obrigado ao Fabiano Vianna pela belíssima acrílica "Flor de alumínio" que usamos como capa para essa edição, assim como à escritora Luci Collin pelas palavras de apresentação que se tornam, não por acaso, o melhor texto do livro.

O conto *As cores do arco-íris* foi publicado na edição de novembro de 2018, do Jornal Cândido, da Biblioteca Pública do Paraná, bem como na Revista Digital Ruído Manifesto. http://ruidomanifesto.org/um-conto-de-carlos-machado-2/

O conto *Flor de alumínio* foi publicado na edição 2 da Revista Tinteiro da UFPR, 2019, graças ao convite do editor da revista, escritor, tradutor e amigo de longa data Rodrigo Tadeu Gonçalves.

O conto *Dona Verônica* foi publicado na antologia "Nos porões da ditadura", ed. Cartola, 2020.

O conto *A maratona* foi publicado na edição do dia 29/06/2020 no Plural Jornal.

https://www.plural.jor.br/noticias/cultura/cultura-contos/a-maratona/

O conto *Comunhão* é baseado no microconto de mesmo nome publicado na coletânea "Quarentena: memórias de um país confinado (Brasil)" da editora portuguesa Chiado, 2020.

O conto *Colorir e descolorir* **NÃO** foi selecionado para a coletânea das editoras Elefante e Dublinense "Retratos da quarentena", 2020, entrando no patamar de tantos e tantos outros contos e livros (nem ao menos lidos) negados com aquela resposta padrão das editoras "seu conto/livro não condiz com nossa linha editorial, blá, blá, blá..." uma pedrada atrás da outra, um afago depois do outro. Sem hard feelings. Mas tem que ser dito.

Porém, em 2021, esse mesmo conto *Colorir e descolorir* foi finalista no 15o Concurso Nacional de Contos Josué Guimarães (como são as coisas, não?), o que não quer dizer nada, da mesma forma. Será?

Sobre o autor

CARLOS MACHADO nasceu em Curitiba, em 1977. É escritor, músico e professor de literatura. Publicou os livros A voz do outro (contos 2004, ed. 7Letras), Nós da província: diálogo com o carbono (contos 2005, ed. 7Letras), Balada de uma retina sul-americana (novela 2006 e 2a ed. Revisitada 2021, ed. 7Letras), Poeira fria (novela 2012, ed. Arte & Letra), Passeios (contos 2016, ed. 7Letras), Esquina da minha rua (novela 2018, ed. 7Letras), Era o vento (contos 2019, Ed. Patuá), Olhos de sal (Novela 2020, ed. 7letras) e Por acaso memória (narrativa 2021, ed. Arte & Letra). Tem contos e outros textos publicados em diversas revistas e jornais literários (Revista Oroboro, Revista Ficções, Revista Ideias, Revista Philos, Revista Arte e Letra, Jornal Rascunho, Jornal Cândido, Jornal RevelO etc.).

Participou das antologias 48 Contos Paranaenses, organizada por Luiz Ruffato e Mágica no Absurdo, organizada para o evento Curitiba Literária 2018, curadoria de Rogério Pereira, entre outras. Integrou as listas de finalistas do concurso "Off Flip" 2019 e 2021, semifinalista no "IV Prêmio Guarulhos de Literatura" (2020), venceu o prêmio/edital "Outras Palavras", da Secretaria da Comunicação da Cultura do Paraná (Lei Aldir Blanc) em 2020, 2o lugar no "Concurso Literário da UBE-RJ" (União Brasileira de Escritores do RJ), 2021, com o livro de contos Era o vento, finalista no "15o Concurso Nacional de Contos Josué Guimarães" 2021, com o conto "Colorir e descolorir" entre outros.

Foi curador de diversos concursos literários como "Coletânea de Contos Infantis" do SESC-PR, 2021 e "I Concurso Franklin Casca", UFSC, 2021. Como músico, entre diversos trabalhos, tem 6 CDs autorais lançados.

www.carlosmachadooficial.com

Instagram: @carlosmachadooficial

Este livro foi produzido no Laboratório Gráfico
Arte & Letra, com impressão em risografia
e encadernação manual.